Le Jas des Terres-Longues

Jean Siccardi

Le Jas des Terres-Longues

roman

FRANCE LOISIRS
123, boulevard de Grenelle, Paris

Une édition du Club France Loisirs, Paris,
réalisée avec l'autorisation des Editions le Comptoir

ISBN 2-7441-0949-5

À Marie, à Rose.

1er décembre 1920
Col de Toutes-Aures

1.
L'errance

Les deux carrioles se suivaient dans le chemin étroit qui menait à Castellane. Elles épousaient les ornières trempées par les dernières averses.

Le soir déclinait. L'ombre montait de la vallée, étalant un brouillard bistre. Des oiseaux aux allures de nuit jaillissaient des buissons, écorchant l'air d'un coup d'ailes. Au loin, des détonations de fusil résonnaient jusqu'aux pointes des falaises. Les arbres agités par la tramontane dodelinaient de la tête.

– La pluie d'ici deux ou trois jours, murmurai-je.

Les rênes creusaient mes mains. Je serrai la manivelle au plus fort : la pente s'accentuait à l'approche des précipices.

– Doucement, Barbaresca... Dia, doucement...

La mule ralentit. Bien que peu vaillante, la

peau sur les os, elle répondait aux ordres. La route m'entraînait dans ses détours. Dans la carriole de Barto mon père, je devenais colporteur, voyageur intrépide face à un monde que je devais recréer.

J'étais rompu par quatre années de combats. J'avais abandonné ma famille, mon village, mon métier pour un engagement dénué de sens. Mes parents m'avaient appris la liberté, la paix, la fraternité, la tolérance et, au premier coup de canon, la fleur au fusil, j'étais allé égorger mes semblables sur le front, à Verdun, avec d'autres jeunes du canton.

De retour au pays, seul survivant de ma section décimée, j'avais trouvé ma maison vide, les ruelles hostiles, peuplées de regards accusateurs. Je portais sur mes épaules la honte de la trahison.

Sur le port de Nice, j'avais rencontré Benedetto, un « rital » dont l'attelage, plus fatigué que le mien, avançait au rythme d'un orgue de barbarie. Deux verres de vin blanc dans un troquet de la vieille ville avaient uni nos errances.

Il n'avait aucune destination précise ; moi devant et lui derrière, nous étions entrés dans l'inconnu d'un autre départ. Rosa, ma mère, présente dans mon cœur, m'accompagnait. Ses yeux éclairaient mon chemin.

J'avais posé mes lèvres sur la simple pierre qui marquait la sépulture de Rosa et de Barto, une dalle blanche, caressée par les branches tombantes d'un peuplier. Un courant léger berçait leurs âmes.

Je m'allongeai, épousant la largeur de la tombe. Je baisai leurs noms gravés à la gouge. Ma poitrine respirait avec eux.

Je les avais abandonnés le temps de la Grande Guerre et ne les avais pas revus. Ils étaient partis sur un arc-en-ciel, endormis pour toujours.

Je me levai. Des larmes glissaient sur mes joues. Je reculai jusqu'à l'entrée. Les graviers crissaient sous mes godillots, les corneilles craillaient rompant le silence.

Le portail s'ouvrit sans grincer. Le pêne et les gonds graissés par les bigotes ne firent aucun bruit. Un signe de la main, un « au revoir, à bientôt » s'échappa de ma bouche.

Je sortis du cimetière, m'accrochant un instant aux barreaux. La froidure de l'acier entrait dans mes veines. Un bruit de fond semblable aux ressacs des tempêtes d'hiver roulait dans la plénitude de la fin du jour.

Les escarpements rocheux du Broc s'élevaient en triangle au-dessus des toits. La fraîcheur remontait de la mer. Les feuilles roussies de l'automne tapissaient mon voyage.

– *Avanti ! Manda, manda...*

La voix de Benedetto troubla mon songe.

– *Avanti*... Ne rêve pas trop. Les nuits sont froides ici et par les temps qui courent, je ne voudrais pas être transformé en gibier pour une bourse que je ne possède pas !

Le chemin me drainait vers la vallée. J'étais comme une boussole folle aimantée par tous les pôles à la fois.

Les naseaux frémissants, Barbaresca tirait sans renâcler. Les « hue ! » de Benedetto me rappelaient sa présence, quelques roues derrière moi, comme un ange veillant sur mon sort.

– Allez, fais avancer ta mule ! La lune est basse, j'ai peur de la nuit, et on ne voit guère le clocher de Castellane.

Un brouillard nous enveloppait. Au loin, quelques fumées grises nous apportaient une odeur de charbon qui fleurait bon l'abri et la soupe.

La forêt devenait moins sombre et les fermes étaient moins clairsemées. Peu à peu, les jardins potagers remplaçaient la campagne ; nous arrivions au village. Le vieux pont de bois et de briques fut franchi à pied, non sans mal car la mule de Benedetto avait peur du vide et ruait.

– *Miseria*... Mais elle va nous foutre en bas, elle va tout me renverser !

Benedetto, furieux, se précipita à la recherche d'une badine.

– Elle va remuer cette vieille carne, sinon...

La mule, sentant venir la correction, avança de quelques pas, passa le muret et s'arrêta net devant une touffe de chiendent. La carriole engagée empêchait Benedetto de rejoindre l'avant de l'attelage.

– Tu ne sais pas lui parler, lui dis-je. Avec les demoiselles, il faut de la douceur !

Je ne pouvais me retenir de rire aux éclats : Benedetto rouge comme une pomme reinette gesticulait en tous sens et promettait à sa compagne des jours douloureux.

– Toi le don Juan de Lucques, tu devrais le savoir. De la douceur… Allez ma belle, allez !

Tranquillement, elle se plia à ma demande et rejoignit Barbaresca.

Nous arrivâmes à Castellane à la nuit tombée. Une longue allée de marronniers bordait la rue principale. La quincaillerie que je transportais tintinnabulait à l'arrière : gamelles contre casseroles, outillage, caisses, chaînes, clouterie…

– Au moins on te perdra pas, toi, me lança Benedetto. Tu as vu ce pays ! Un vrai repoussoir à loups ! Personne sur la place. Vide comme la peste ! Même pas un chien, ni un rat !

– Voici le pays promis ! Le pays des avaleurs de vent !

– Tais-toi, tu me fous la trouille. Les culs-terreux vont nous accueillir avec un fusil s'ils osent sortir de leurs tanières.

On se rangea sur la place. Les deux mules dételées furent attachées à un arbre et couvertes de sacs de toile. Benedetto cogna contre la vitre d'une auberge. Sur l'enseigne, on lisait : *L'Aigle d'argent*.

– Il y a quelqu'un ? Nous voudrions manger et dormir.

Personne ne répondit. Benedetto insista :

– Nous avons voyagé longtemps, on est gelés pire que des souches noircies. Répondez !

Il débita une bordée de jurons.

– *Madonna santa !* Ouvrez pour deux Italiens qui vous demandent juste un peu de soupe ! Si vous voulez, on peut faire de la musique, on a la *macchina*, en plus mon ami Lorenzo a plein de trucs de la ville à vous montrer...

Une lumière tremblotante éclaira le fond de la pièce. Benedetto se frotta les mains et se tourna vers moi.

– Ça y est : un bon feu, ripaille et deux grands draps blancs...

L'aubergiste s'avança vers la fenêtre qu'il n'ouvrit pas. Il leva une lampe à pétrole à hauteur de ses yeux et promena la flamme sur la face des étrangers, allant de l'un à l'autre en plissant les paupières. Il était coiffé d'une casquette grise remontée sur le front et de grosses moustaches blondes sous un nez porcin lui barraient la figure. Il nous dévisageait avec une moue peu engageante.

– Qu'est-ce que vous voulez ? Vous voyez pas que c'est fermé ?

La buée teintait les carreaux, ses traits s'estompaient. De ses grosses lèvres charnues s'échappait un filet de bave.

– Laissez-nous manger et dormir. On a de quoi payer ! insista Benedetto.

– Ici on n'aime pas les vagabonds et encore moins s'ils sont italiens ! Passez votre chemin, ou je lâche les chiens !

Je tirai Benedetto par la manche de sa veste. Ses traits s'étaient brusquement durcis ; les mâchoires serrées, les poings fermés, il fixait droit dans les pupilles le poltron protégé par les vitres.

– Viens ! N'écoute pas, viens.

Benedetto se laissa entraîner jusqu'aux carrioles. Il ne prononça aucune parole. On attela à nouveau les mules. Nous n'avions plus faim ni sommeil ; notre salive avait un goût amer. Benedetto fourragea dans sa poche et en tira un toscan qu'il partagea en deux. Lorsque j'approchai la flamme de mon briquet pour allumer son bout de cigare, je vis ses yeux rougis.

– Allez, on y va. Je connais un pays où les jupes des filles tournent plus haut que leurs genoux et où il faut un chapeau car le soleil rend fou... Suis-moi Benedetto, je passe devant !

Le convoi s'ébranla. J'entendis la fenêtre de l'auberge qui s'ouvrait derrière nous.

– T'as qu'à manger la mule !

– Même les deux...

– Et passez par le sommet de Saint-Martin, on vous retrouvera au dégel !

Deux ou trois rires ponctuèrent ces sarcasmes. Des rires de vieilles.

Les roubines pierreuses s'infiltraient dans la forêt. Le vent se levait, dégageant la lune. Je desserrai la manivelle du frein. Benedetto chantait :

Faut-il saigner la montagne
pour faire passer le sang de l'étranger ?
Faut-il vieillir sur les routes
pour goûter le fruit de l'amitié ?

Barbaresca cheminait avec lenteur. Nous roulions entre deux ribes de terre pentues recouvertes de ronces. Je ne me posais aucune question sur la direction à suivre : il fallait redescendre vers la vallée au plus vite. J'étouffais de rage : nous refuser un bol de soupe et le coucher, même en payant... Quel affront ! J'essayais de vider mon cerveau d'une rancœur stupide. Que faire contre la bêtise ? Le combat était inégal !

La bride molle, les attelages cahotaient dans le grand silence de la nuit. Benedetto ne chantait plus. Des ronflements parvenaient à mes oreilles. De temps à autre, une ornière le réveillait. Deux ou trois jurons, il se rendormait aussitôt, emmitouflé dans son manteau, une écharpe enroulée sur les oreilles.

Je retrouvais l'ancien réflexe du guet. Les bruits, l'envol des grands rapaces, les spectres que l'on croit voir et ceux que l'on invente. Le déplacement des ombres passant du noir au gris, mêlant champs et clairières. Le gargouillis d'une source, deux yeux brillants qui clignotent dans l'obscurité... Les clochettes des chèvres égarées tintaient dans les barres des collines. La nuit dressait son berceau de craintes et d'angoisses. Nous la traversions étoile par étoile, attendant l'aube.

Épuisée, Barbaresca se dirigea vers une éclaircie dans les taillis et s'arrêta sous un noyer. Elle laissa échapper un long souffle qui exprimait clairement son aspiration au repos.

– Pas là, Barbaresca. Sous cet arbre il fait encore plus froid et j'ai besoin de toi.

Elle consentit à faire quelques pas, arrachant des touffes d'herbe grasse. Je dételai les deux mules et les laissai libres de leurs mouvements.

J'allumai un feu, me calai contre une pierre plate. La chaleur montait dans mon corps. Les flammes s'évanouissaient en fumée et dégageaient une odeur de bois vert. Un instant de calme, une trêve avant l'incertitude du lendemain.

Benedetto s'allongea dans le fond de sa charrette et tira sur lui la bâche qui recouvrait son limonaire. Il s'endormit. Il soupirait. Il rêvait.

Le feu faisait circuler mon sang dans tous mes membres, picotait les extrémités de mes doigts. Une couverture sur le dos, je m'engourdissais dans un bien-être fugitif. Recroquevillé, la tête sur les genoux, je comptais les flammèches éclatant sous les braises. Je caressais dans ma vareuse la lettre d'Almirana, ma douce compagne d'enfance partie si loin, au-delà des océans, de l'autre côté du monde, perdue avant que notre adolescence nous eût permis de marier nos désirs. Je confondais le grain du papier et celui de sa peau. Elle était fillette, douceur et illusion ; moi j'arrivais de là-bas, des montagnes, je venais d'un hameau du Piémont pétrifié dans l'hiver. J'avais été entraîné par la fougue d'une mère qui avait abandonné mes deux grandes sœurs, Laura et Lea, pour partir à la recherche d'une terre moins avare, pour cueillir un brin de bonheur dans une vie de rocaille. L'histoire devait ressembler à un conte de fée. Elle n'avait été qu'un pauvre vagabondage, un chemin de misère.

Cette lettre sur ma poitrine : les versets d'un chant d'amour inachevé, les frontières d'un ailleurs approchées au moment où les promesses se transforment en désir violent. Quelques phrases à l'encre violette me donnaient des ailes d'albatros. Je dérivais dans le sens contraire des courants, abjurant la haine.

Des paroles brutes, sans ornement, un lichen nourri à l'air du temps, une sève profonde, charnelle, aimantaient nos souffles.

Lorenzo

Te souviens-tu de nos histoires et de nos rires. Ici tout est triste et grave. Le feu et le sang, la mort et la souffrance. Mon Lorenzo, que les grands oiseaux du ciel nous rejoignent dans l'infini azur sur les îles bleues.

Nous réunir bientôt à jamais...

Je reviendrai.

Almirana

Cette lettre colmatait les fissures de notre séparation. Des images, des souvenirs fragiles, des parfums, la maison de Nice, la pénombre rassurante qui nous enveloppait quand Almirana me racontait ses aventures, quand je devinais ses yeux, cherchais sa main. Mais la guerre à nouveau, en Indochine, rouvrit la plaie. Tu embarquas sur un énorme paquebot avec ton père adoptif, le docteur Gaétan. Le devoir l'appelait... Ainsi en avaient décidé les adultes.

Perdu dans la clairière, je secouais la poussière de mes prunelles, je dévisageais un paradis oublié.

Benedetto se retourna en grognant dans la charrette.

– Nom d'un chien, quelle auberge ! Lorenzo, appelle le patron et dis-lui qu'il active la cheminée !

Il s'assit, tout à fait réveillé, et se moucha à se faire éclater les narines. Puis, à tâtons, il récupéra sous le siège du cocher une bouteille de gnole.

– T'en veux un coup ? Ça remonte et ça fait penser aux filles.

– Non, pas maintenant.

– Eh bien tant mieux, j'en aurai plus pour moi. À la tienne !

Après un bon rot de soulagement, quelques ruminements dignes d'un veau, il s'enroula dans la bâche et sombra de nouveau dans le sommeil.

Je lançai quelques branches mortes sur le brasier. Crépitement d'écorces et de feuilles. Une torpeur envahit notre campement.

La lassitude me gagna. Mes paupières se fermaient.

2.
La fuite

Des brumes mauves glissaient vers la vallée. La montagne du Cheval-Blanc, pelée à la naissance des vents, tendait son pic vers les nuages. Les roches se découvraient, confondant le ravin et les précipices. Les buses nichaient dans les aspérités et exploraient les découverts. Leurs cris stridents, répercutés par l'écho, rendaient encore plus fragile la pâleur de l'aube.

Un chien aboyait au fond d'une campagne. Des voix se dispersaient dans les collines lointaines.

Je n'arrivais pas à me dégager de ma torpeur ; collé contre la pierre plate, je regardais Castellane se réveiller. Des fumées blanches s'élevaient des toits de tuiles rousses, des volets claquaient contre les murs. Des maisons s'échappait une bonne odeur de café chaud, de pain grillé, de beurre, de confiture de mûres ou de myrtilles. La faim me prenait au ventre ou plutôt une sorte de gourmandise d'enfant gâté. Le souvenir des pots de douceurs et de miel de Rosa excitait mes papilles.

L'humidité pénétrait mes vêtements. Je frissonnai. D'un bond, je me levai et m'ébrouai comme un coq après le bain, sautant, courant, respirant à pleins poumons. Je remuai la cendre, ajoutai quelques brindilles sur la braise rougissante pour faire tiédir un reste de café. La nuit cédait aux premières clartés. Les reliefs se détachaient de l'ombre. Les rumeurs de la vie montaient jusqu'à moi. Je ne pouvais plus demeurer vigie, à l'écoute d'un monde qui ne m'appartenait pas. Je devais partir, aller plus loin, oublier mes espérances et mes émotions d'enfant. Je devais même rompre les amarres avec Benedetto. Ce qu'il me fallait, c'était un coin de cheminée où m'asseoir et ôter mes godillots. Où me dire : « Chez moi, il fait bon. »

Les nuages s'enroulaient en vagues lointaines. Les mélèzes écorchés par les éboulis luttaient contre l'effritement des flancs détrempés. Enfant, la montagne me paraissait gigantesque, maintenant elle était petite, à dimension humaine. Un nain l'eût franchie. J'étais envoûté par ce désir de partir seul, de quitter un passé trop chargé de regrets et de reproches.

Je luttais contre moi-même et contre les voix des autres qui m'exhortaient à la sagesse. Papillon fou ou Don Quichotte, je m'apprêtais à affronter l'hiver et les sommets enneigés. J'irais cueillir les fleurs de satin dans les crevasses gelées. Je saisirais le monde à pleines mains. J'enlacerais la chair des paysannes, m'enivrerais de leur odeur de lait et de terre grasse. Je leur susurrerais des mots doux sur les meules de foin. Tous les esseulés de la région seraient mes fils.

Le soleil s'infiltrait entre les branchages. Les brouillards s'éloignaient. Au nord, un ciel presque violet annonçait une chute de neige. Le vent faiblissait. Les cocons des chenilles ressemblaient à des petits tas de givre posés en équilibre sur les aiguilles des sapins.

Benedetto dormait à poings fermés, la toile sur son nez, une main sous la joue, l'autre repliée sur la poitrine. Les mules broutaient un buisson de chèvrefeuille, se bottant au moindre contact.

Je ramassai quelques affaires que je tassai dans mon sac, comptai le reste de ma solde et griffonnai un mot d'adieu à Benedetto :

À toi le saltimbanque, mon compagnon de route, avec deux mules et deux carrioles, tu pourras faire le tour du globe.

Lorenzo

J'abandonnais tout, l'attelage de mon père, mon enfance, ma guerre, mon camarade.

Je contournai un magma compact de boue et de branchages, marquai un temps de pose accroupi, puis j'empruntai une crevasse qui coupait le relief naturel du chemin. Je dévalai un talus à toute allure. Le sac tapait contre mes aisselles. Je redoutais que Benedetto fût déjà réveillé. J'imaginais ses cris : « Lorenzo ! *Dove vai ?* »

Quelques kilomètres plus loin, parvenu à la route principale, je m'assis sur un muret et repris mon souffle. L'air vivifiant me torturait la poitrine, la sueur trempait ma chemise. Je nouai mon mouchoir autour du cou et enfilai un autre tricot de laine. Je n'avais ni faim ni froid. Je me nourrissais de cette liberté gagnée dans la fuite.

Sans remords, je repartis. Un goulet taillé dans la roche grise défendait l'entrée du défilé ; guetteur ancestral, il veillait. Je pénétrai dans la vallée par un tunnel percé dans le granit, m'engouffrai dans les veines d'un pays inconnu. Au loin, une bergerie aux murs roses juchée sur un mamelon, de grands espaces en jachère bordés par une rivière aux galets ronds, des pitons découpés aux profils acérés. Je tournai le dos aux montagnes noires. Des buissons d'épineux renvoyaient la lumière au sud.

3.
L'abandon

Par la fenêtre entrebâillée, Madeleine contemplait le lever du jour. Comme tous les autres matins, depuis qu'Albert était parti. Le front appuyé contre la vitre, elle s'enfuyait par la route qui serpentait entre les jardins, se tortillait entre les roches, sautait un vallon par le pont de schiste rose et disparaissait dans la montagne. Un pont-levis emprisonnait Madeleine dans le village de Chaudon Norante.

À demi-vêtue, le peignoir ouvert, elle laissait le froid envelopper son corps. Le vent prenait son ventre. Elle s'envolait avec la bise. Elle frémissait sous les assauts de l'air. Elle attendait le souffle de l'amant qui reviendrait pour lui apporter les nouvelles du monde où l'éternel réunit à jamais les êtres de chair.

Cette route se faufilait lâchement. Elle faisait

autour de la maison un angle sournois, glissait le long du muret, léchait les rigoles du champ et s'étirait dans le tumulte des clues. La rivière à sa droite la purifiait d'un éventuel remords. Empierrée, elle se dandinait comme les femmes de vie que Madeleine apercevait dans les ruelles de Digne, les mercredis de marché. Parfois, en pensée, elle les suivait discrètement, poussait les portes des hôtels, ôtait sa robe de paysanne embourgeoisée, offrait son corps, s'évadait de sa naissance, de sa contrée, de sa prison.

Son pays n'était qu'abandon. Elle ne supportait plus ce calme entrecoupé des jappements des loups et des renards. Le soleil, trop bas l'hiver, effleurait juste le col, étouffant ses rayons dans les maigres bosquets. L'été, tout en haut du Cheval-Blanc, il assommait les moissonneurs et brûlait les têtes du bétail.

Madeleine regardait les lacets qui expiraient sur le pont des Rouches. Le goudron s'épuisait là où les machines n'avaient pu continuer leur œuvre titanesque. Vaincus par la férocité du relief, les hommes étaient repartis avec leurs engins dans un bruit de tonnerre. Le sentier reprenait ses droits, sa vie de fougères et mourait à la vue de Madeleine. Tous les matins elle s'enfuyait dans l'abîme des songes. Lorsque la chair de poule glaçait ses veines, elle refermait la fenêtre, appuyant un instant sa joue contre le chambranle. Les carreaux se couvraient de buée, la marque de sa bouche se dessinait puis s'évaporait.

La route narguait Madeleine. Elle pénétrait les flancs de la montagne et laissait son ventre vierge, abandonné comme un cimetière sans fleurs.

Elle mourait un peu chaque jour, muette, sans partager sa solitude et sa douleur. Aucun espoir, aucun doute, la vérité brutale avait bloqué un tourbillon d'impatiences et de projets.

« Décembre ne sera pas froid, murmura-t-elle, les oiseaux ne viennent pas encore sur la margelle du puits. »

Elle tira les lourdes tentures de velours bleu. L'obscurité envahit la chambre. Elle alluma la lampe à pétrole, attisa les cendres, mit une bûche dans l'âtre, s'étendit sur son lit.

Un Christ, cloué sur un crucifix d'olivier, la dominait depuis son enfance. Madeleine s'agenouillait de moins en moins, les prières l'ennuyaient. Elle restait au village comme les vieilles fontaines qui donnent toujours de l'eau fraîche.

Elle se releva, lissa le couvre-lit à pompons sur

les grosses couvertures de laine, installa son immense poupée de porcelaine au centre du lit, étala avec soin les volants roses et le ruban pourpre qui maintenait sa ceinture. Une odeur de cire et d'eau de Cologne flottait dans la pièce. Une odeur de vieux, pensait-elle. L'odeur des choses immobiles, sans goût, sans saveur, des lieux que l'on n'ouvre plus parce qu'ils n'ont plus besoin de lumière.

« On pourra m'enterrer ici, veuve à la moralité irréprochable, presque une sainte », dit-elle à l'image de la Vierge punaisée sur la tapisserie au-dessus de la table de chevet.

Elle ôta sa robe de chambre et sa chemise de nuit. Un instant elle colla ses seins contre la glace de l'armoire, les titillant, pinçant de ses doigts les tétons bruns. Ses seins appartenaient à celui qui était parti trop vite, avant que leurs corps se soient saoulés de baisers et de morsures. Ses seins attendaient une bouche maladroite et le piquant d'une joue mal rasée.

L'amant qui défait son corsage avec fougue, l'amour attrapé comme un renard au piège, consommé brutalement par peur du refus. Le désespoir d'être femme, inutile dans sa chair, négligée par ceux qui ont fui éternellement. Le corps délaissé, pétrifié d'ennui.

Plus personne ne s'aventurait dans les méandres de la vallée, sauf les frontaliers égarés par temps de neige ou les contrebandiers italiens. La route n'allait pas plus loin, les sentiers muletiers dessinaient sur les flancs des collines des lacets interminables qui se perdaient dans les plateaux.

Madeleine sursautait au moindre bruit, guettait à sa fenêtre. Elle s'aspergea le visage d'eau. Une bouche fine, délicate. Aucune ride ne marquait son front. Elle passa ses doigts sur ses lèvres, se poudra les pommettes, remonta ses cheveux en chignon sur la nuque et les maintint avec un peigne d'os blanc. Puis elle s'allongea sur le lit, se blottit dans les draps. Elle remonta les couvertures sur son corps. Des images du bonheur passé défilaient dans sa tête. Des souvenirs vrais, non pas des illusions ou des espoirs ; la démarche de son amant, Albert, enrôlé dès les premiers jours. Son signe de la main lorsqu'il avait franchi le pont et qu'elle l'avait perdu de vue, là-bas, après le ruisseau. Ses camarades qui sautaient sur les pierres sans glisser, insouciants avec leurs rires et leurs chansons.

Il n'avait pas tourné la tête vers elle, il était heureux. Puis, plein de remords, il était revenu sur ses pas, lui avait volé un dernier baiser et avait rejoint le groupe. Ce dernier baiser, ce parfum de paysan, de foin, de lavande, de colline ! Et puis la glèbe l'avait enseveli.

Madeleine ramena la poupée sur sa poitrine. Elle lui murmurait une chanson à voix basse, un refrain de Noël. Elle ne pleurait pas. Ses paupières étaient sèches. Des mots orphelins mouraient sur ses lèvres. Elle rêvait d'un pont immense entre son cœur et son homme. Ou un autre homme, n'importe quel homme qui l'eût enlevée, qui l'eût emmenée loin de là.

C'était il y a quatre ans. Ces coups frappés à la porte, le facteur avec sa casquette à la main, ce lundi de Pentecôte 1916, tendant le télégramme à son père. Cette phrase prononcée entre deux sanglots : *mort pour la France.* « Mort pour rien », avait dit Louise, sa mère.

Depuis ce jour, Madeleine ne fermait plus ses volets. La nuit, elle cherchait Albert dans les brumes qui cachaient l'horizon et le découvrait au moindre souffle de vent. Elle avait déplacé son lit pour surprendre d'un coup d'œil l'enfilade de la route jusqu'au pont, et le début du sentier. Les jours de pleine lune, le goudron brillait et se reflétait dans la rivière. Albert enjambait les mares et les mirages argentés. Elle l'entendait dans le murmure de l'écume. Ses bras se tendaient. Elle respira profondément et resta un instant sur les coudes. Dehors, le soleil pointait ses rayons sur le clocher voisin, les toits d'ardoise séchaient. Le ciel bas annonçait un froid tardif.

« La ferme est bien triste, dit-elle à voix haute, mais j'aime décembre sous la neige et les chasseurs laisseront les grives en paix. »

Elle se leva et alla jusqu'à la commode. Elle versa un peu d'eau dans la bassine et fit sa toilette. Le chat se faufila entre ses pieds. Quand elle écarta le rideau, il bondit de la fenêtre dans la remise voisine.

Elle s'habilla d'une robe noire, d'un châle brodé et descendit pour déjeuner.

Sa mère remuait les cendres de la cuisinière. Elle souffla dessus deux ou trois fois et jeta une poignée de brindilles séchées. Quelques crépitements, une fumée pâle s'éleva jusqu'au plafond, elle posa une bûche de chêne et referma le foyer. Son père se rasait devant l'évier, un bout de miroir en équilibre sur le robinet. Elle aimait l'odeur du savon à barbe et le petit crissement du couteau sur les joues.

Été comme hiver, le dimanche, Albert se lavait au puits, torse nu, sifflotant. Ce jour sacré, les travaux de la ferme s'arrêtaient. On prenait le temps de se parfumer à l'eau de lavande, de boire du vin de noix ou de la liqueur de coing, au bistrot, « chez Noël », en dégustant des ganses. Les clients chantaient. Albert plus haut que les autres. Sa moustache, fine et noire, lui donnait l'air d'un artiste d'opérette, comme ceux que Madeleine découvrait sur les photographies illustrant les partitions que lui faisait travailler son professeur de piano. Ces chansons sentimentales étaient l'occasion pour les hommes de séduire les jeunes villageoises. Un dimanche, Madeleine valsa avec Albert. Ils allèrent se promener loin du village. Il lui parla de tout et de rien. Il serrait sa main dans la sienne et puis son bras entoura ses épaules. Madeleine passa le sien autour de la taille d'Albert. Elle goûta pour la première fois la chaleur du corps d'un homme.

Au pont des Rouches, ils s'assirent un instant sur le muret. Albert jetait des cailloux dans l'Asse. Il racontait des histoires de chasse, des contes d'ici ou d'ailleurs. Il inventait leur vie future par-delà la Durance et le Rhône.

« Je mettrai ton piano sur mon bateau, je ramerai vers les îles. Toi, tu joueras pour les mouettes et les goélands. »

Madeleine riait. Vers minuit, le froid les surprit. Un dernier verre de vin chaud avec des amandes, chez Noël. Pas de paroles, des regards longs, terribles. De ceux qui ne trompent pas et qui vous lient pour l'éternité des mondes.

Albert raccompagna Madeleine devant sa porte. Mille chuchotements entrecoupés de silences et un baiser très doux aux commissures des lèvres, avec la pudeur des amants.

Après un bonjour timide, Madeleine se servit un grand bol de café noir.

– Tu montes au jas ce matin ?

Son père haussa les épaules et regarda par la fenêtre.

– Je n'en sais rien.

Il s'arrosa la figure et s'essuya avec un torchon suspendu derrière la porte.

– Il faudra bien que j'y aille. Deux brebis sont mortes. Il faut les remplacer avant la neige.

– Deux brebis de plus ou de moins, ça peut attendre. Tu devrais diminuer leur nombre, dit la mère.

– On dit ça chaque hiver, mais il faut bien vivre. C'est pas le curé qui nous bénit pour la Saint-Joseph qui va ramasser le cresson et faucher le blé.

– *A toujours un ferre que li branlo*, marmonna Louise.

– En plus, ton vicaire il a une voix d'eunuque. Quand il prêche, on dirait qu'il a été bistourné par les cisailles du Grêleux.

– Ne dis pas n'importe quoi ! Ça peut porter malheur. Des curés il y en a des biens, et celui-là, il est très jeune…

– Il est jeune et vivant. Le Christ l'a choisi, il n'est pas parti à la guerre, lui ! Les poulettes du canton peuvent planquer leurs gambettes…

Il se mit à rire. Louise soupira, leva un instant les yeux au plafond afin que le Seigneur pardonne son impie de mari. Elle posa une casserole en fer battu sur le poêle, arrosa le fond d'huile d'olive, jeta deux oignons tranchés, une gousse d'ail et des herbes. L'odeur du roussi s'installa dans la cuisine. Elle s'essuya à son tablier, tourna un instant avec une cuillère en bois sa préparation et poussa la marmite au fond à l'abri de la grosse flamme.

– Voilà, il ne manque plus que le lapin.

Les chamailleries de ses parents divertissaient Madeleine. Ils avaient des gestes anciens qui la rassuraient. Elle était leur seule enfant. La ferme venait des aïeux, et les pièces résonnaient de leurs voix. Chez les Guigue, personne ne mourait à l'hospice. Tout le monde était enterré là, après une vie de labeur. Les saisons passaient, le travail blanchissait les os et toute cette vieillesse se refermait sur le corps de Madeleine.

Tordus comme des sapins pliés par le poids du givre, les paysans se tuaient à la tâche. Pour survivre, ils devaient gagner sur les taillis. Mais les charrues ne faisaient qu'effleurer les bois, les genêts bouffaient la glèbe et le vent cinglait jusqu'à rompre les omoplates des plus robustes.

Le village, niché dans les collines, surmonté par des brisants de pierre, couvait la vie de ceux qui restaient encore. Plus haut, les montagnes plantées de chênes et de pins blancs étaient abandonnées depuis des lustres.

– Tu devrais prendre un peu d'air aujourd'hui, tu es bien pâle. Bientôt, avec le froid, on sortira moins.

La voix du père la réveilla d'un songe lointain. Le café avait refroidi dans le bol. Madeleine grignota un bout de tartine beurrée.

– Peut-être, si le soleil est doux.

– Ce n'est pas en restant dans ta chambre ou au milieu de tes fleurs que je mettrai encore une fois mon costume de mariage ! On pourra m'enterrer avec, il ne sera pas usé.

Après la disparition d'Albert, Madeleine s'était réfugiée dans le jardin. Selon ses rêveries ou sa mélancolie, elle l'organisait à sa guise. La surverse de la fontaine arrosait ses dahlias. À l'ombre des arbres fruitiers et d'un laurier, elle avait installé un banc où elle passait des heures, immobile. Une allée de cognassiers et de mûriers rouges exhalait une senteur enivrante.

Son père l'aurait voulue rieuse, enjouée, virevoltant sur la place du village. Mais il y avait eu ce lundi de Pentecôte. Et le piano s'était tu. On l'avait poussé dans un coin de la chambre, entre la cheminée et la commode. Un métronome posé sur un napperon de feutre vert interdisait les gammes.

Souvent Madeleine dépoussiérait la valise du grenier et, en cachette, préparait ses affaires. Elle pliait ses chemisiers, comptait ses économies, posait sur sa table de chevet une enveloppe où elle expliquait les raisons de son départ. Combien de fois, debout derrière la porte, vêtue de son manteau, avait-elle failli dévaler les escaliers !

« Ce sera pour la prochaine fois, un jour je cueillerai un bouquet d'absinthe et je partirai. » Elle défaisait son bagage, rangeait ses vêtements, cachait ses économies sous la pile de draps, déchirait la lettre et remontait la valise au grenier.

4.
La métamorphose

J'avais marché quatre bonnes heures sans m'arrêter. La clue était un goulet de pierres dénudées. Des gouttes d'eau tombaient le long de la paroi, la mousse se cramponnait à la roche. Je renaissais. Mon épiderme absorbait l'ivresse de cette matinée. Je découvrais le tactile des rêves, la mutation des couleurs, le bouillonnement des sources. Je ne voyais que l'azur. À chaque enjambée, je me dépeçais, accrochant aux ronces mes lambeaux de mue. Je me tirais hors de la peau de Lorenzo pour n'être plus que moi, solitaire sur les grands chemins, vagabond à la recherche de pâturages féconds. Je glanais les mirages, j'écorchais la falaise de mes doigts pour graver ma nouvelle vie d'un sang neuf.

À la sortie des gorges, je m'étendis près d'un bosquet de mélèzes, sur un coin de mousse et d'herbe grasse. La lumière du sous-bois chatouillait mes godillots. Le vent agitait les arbres. Je n'entendais plus que le vol des grands milans dans les cavités des aplombs.

Une poudrée blanche surlignait le lointain. Des maisons agriffées aux lames des calcaires, des fermes alignées protégeant leur séchoir à pruneaux, des fumées légères s'évaporant des cheminées ocres, des bergeries couchées sur les pentes et abritées par des ravines, un peu de givre à l'ombre des tournants, quelques voix à peine perceptibles, un bêlement d'agneau perdu. J'étais épris de tout ce mystère.

À l'aube, je me déshabillai et me lavai dans la rivière. Je me frottai très fort avec une touffe de fougère et un galet blanc. Je me rinçai en plongeant dans un trou, me retenant aux pierres du fond. Je jouai avec les algues, bondis d'une rive à l'autre. Les montagnes au-dessus de ma tête me faisaient une sorte de nid.

Je me séchai, les bras en croix, tourné vers le soleil, enfilai un pantalon, un tricot propre, une veste de toile grège, me coiffai longuement en plaquant mes cheveux trempés, fredonnant *una canzone bellissima.*

Le temps s'étalait sans mesure devant mes

traces. Je vivais la métamorphose de ma chair. Je dansais avec l'ombre de l'ancien Lorenzo, ce spectre que je voulais oublier, avec son odeur de mort, de misère.

Je l'enterrai entre deux buissons de lavande séchée. Je déposai sur une plaque de schiste deux ou trois chardons bleus. La cérémonie devait être décente, sans regrets excessifs mais sans complaisance envers le défunt. Je trempai un bouquet d'orties dans la rivière et bénis mon passé. Un chêne fit office de témoin.

« Je boirai à ta santé ! Du vin lourd et grisant. De l'italien ! Je m'enivrerai pour tous les veufs, les veuves, les jeunes filles, les pucelles, je narguerai les pisse-froid, je me saoulerai jusqu'au petit matin. J'effacerai six années de ma mémoire. Adieu Lorenzo ! Boulet d'ennui et de pardon... Adieu frère incertain qui a levé le fusil sur tes frères inconnus, qui a osé envoyer en enfer les anges blonds, qui a détruit les démons hurlants sur les dunes barbelées, qui a remplacé les fleurs par de petites croix blanches, adieu ! »

J'étreignis un mélèze. L'écorce piquait mon torse. J'aspirai sa sève. Je devenais nervures et fibres. L'arbre frémissait à mon souffle, ses branches m'enserraient. Je renaissais, magique et bon.

Une cloche frappa deux coups. Une souche noircie tendait ses moignons vers le sud. Ses formes tourmentées ne m'impressionnaient plus. Fini les errances sur les grands chemins. Je faisais taire mes gémissements, cessais de pleurer sur mon sort. Je me rendais justice. Au diable, le pays des mers bleues et des regrets ! J'aimais cette contrée fertile. Je me désignai seigneur du Pays glacé, géant des montagnes, forgeron des cimes. Ivre de liberté, je possédais l'immense richesse de mes sentiments.

J'avais rassemblé toutes mes affaires.

– *Avanti*, Lorenzo, *avanti !*

Après un signe d'adieu à la vallée, j'accélérai l'allure. Je m'éloignais du berceau de ma mue, sautant les drailles et les ravines.

Quand les arbres fruitiers succédèrent aux sapins, une plaine douce se mit à couler du ciel. Mille fleurs blanches, comme autant de facettes de diamants, encerclaient Barrême.

2 décembre 1920
Gare de Barrême

5.
La halte

La nuit et l'humidité enveloppaient le village. Deux rivières se rencontraient dans un chaos bouillonnant. Le choc des écumes projetait des gouttelettes sur mon visage. Au milieu d'un carré d'herbe et de fleurs sauvages, dressé sur un socle de calcaire, un Christ attendait le printemps pour ressusciter. De sa main droite il protégeait l'arrivant, de la gauche, il montrait une Bible fermée, fatiguée, rouillée. Lui seul connaissait par cœur les épîtres. Dans l'ombre de ses écrits, on pouvait tout imaginer, même leur inexistence. Si l'autre Lorenzo, dans les années noires, avait entendu les présages du trépas, peut-être serait-il mon compagnon, et cheminerions-nous ensemble.

L'amertume asséchait mon gosier, je préférais voir les évangiles cadenassés.

Je traversai le pont. Une longue avenue empierrée bordait la voie ferrée. Une vision de soupe fumante tourmentait mon estomac. Épuisé par cette journée sans fin, je poussai la porte d'entrée de la gare.

Un homme en uniforme de la compagnie des trains brossait le carrelage. Une odeur de javel envahissait la salle d'attente.

– C'est fermé ! Il n'y a plus de train, la nuit les locomotives blêmissent dans les tunnels.

Il leva la tête et me dévisagea.

– Le prochain est à six heures quinze pour le marché de Digne.

Il m'examinait du coin de l'œil tout en achevant son nettoyage.

– Mais toi, tu ne veux pas partir, n'est-ce pas ?

– Je pense qu'ici, on peut être bien.

– Ici ou ailleurs... Il y a des gens. Des mauvais et des bons, des joyeux, des tristes, des vivants, des morts.

– Je préfère les vivants, même si la méchanceté les étouffe.

Il haussa les épaules et reboutonna sa veste.

– Sors-moi donc le seau et jette l'eau sur le quai, ça lavera un peu, avant que les pluies ne s'en chargent !

J'obéis à sa demande et arrosai avec soin les abords du quai.

– Gratte tes chaussures sur la grille, j'ai pas envie de tout recommencer. Et mets donc le seau dans le coin.

Il me montra où il rangeait ses ustensiles de ménage, puis s'essuya longuement les mains avec son mouchoir. Je m'approchai du poêle.

– Tire le banc tout contre, c'est pas plus cher et tu passeras la nuit à l'abri.

– Je ne voudrais pas...

– Allez, pas de manières, on discutera après. Tu sais, je suis seul et les soirées sont longues. Depuis la guerre, le noir me fait peur. Les rats qui trottent dans les combles, les musaraignes qui grappillent les ordures... Le soir, je tremble. Je dors la lumière allumée, c'est pour ça que j'aime les matins, cette gare, les trains, les voyageurs, les mignonnettes, les enfants, tout ce tintamarre.

– Je comprends.

– T'y étais, là-haut.

– Oui, avec le quinzième corps du Génie. Mais j'ai tout enterré. Ça me collait pire que la peste noire, et je ne veux plus en parler. J'aimerais trouver un coin, un peu comme toi. Pas une gare, j'ai trop voyagé, mais un endroit où on est bien.

– Moi c'est André, de Manosque.

Je lui tendis la main.

– Moi, Lorenzo du Broc et d'un peu plus loin. *Io sono francese.*

Nos voix résonnaient dans la salle d'attente. André riait. Il verrouilla la porte d'un tour de clé, poussa deux énormes loquets, vérifia les lourdes manettes des aiguillages qu'il bloqua avec une barre métallique, puis jeta un regard satisfait sur l'intérieur de la gare.

– La journée est terminée.

Il ôta sa casquette et sa veste qu'il accrocha au portemanteau.

– Un peu de bouillon, quelques patates et de la saucisse, ça t'ira ?

Je n'osai répondre.

– Pose ton sac et tes affaires. Je ne t'attendais pas, mais j'avais préparé pour plusieurs repas. Comme disait ma grand-mère, plus c'est réchauffé, meilleur c'est... Demain matin, tu me donneras un coup de main. C'est le jour de marché à Digne et il y aura toutes les caisses de volailles à charger.

André composait à sa façon l'histoire de Barrême. Les locomotives lui apportaient les potins des hameaux et des communes desservis.

Il enjolivait de sa verve les confessions des voyageurs.

Il ouvrit sa blague à tabac, bourra sa pipe, l'alluma. Moi, je ne disais rien, je l'écoutais, je me réchauffais au feu de sa drôlerie, de sa gentillesse.

– Dis quelque chose !

– Je suis bien. Il y a longtemps que je n'ai pas connu une telle soirée.

André tassa avec le pouce les cendres de son tabac. Il se gratta le front. Une marque noire lui dessina un troisième sourcil.

– J'ai peut-être une solution pour toi.

Il ralluma sa pipe, tira deux bouffées.

– Demain tu montes à Chaudon Norante et tu demandes le père Guigue de ma part. Tu ne peux pas te tromper, il habite une maison avec des persiennes bleues juste à l'entrée du village, près de la fontaine.

– Le père Guigue ?

– C'est un brave homme. Du côté du Pas-du-Loup, il a des granges avec des terres. Je sais qu'il emploie des saisonniers de temps à autre. Avant il trimait tout seul mais il vieillit et se fatigue. C'est pas très loin d'ici et les jours de marché, moi, j'ai besoin d'un bon coup de main pour tout embarquer. Ça te fera toujours ça...

La chaleur de la pièce, le dîner, le vin, quelques verres d'alcool... Je n'entendais plus sa voix. Mes paupières se fermaient toutes seules.

André me secoua vers six heures. Une bonne odeur de café noir et de pain grillé envahissait la cuisine. Je bus un grand bol et aspergeai ma nuque d'eau glacée pour effacer les vapeurs d'eau-de-vie.

La gare grouillait de monde. Des paysans entassaient des cageots de légumes, des caisses de volailles, d'autres tiraient un mouton ou une chèvre. Les femmes trimballaient des filets remplis de toutes sortes de produits comestibles.

André s'activait derrière son guichet. Sanglé dans son habit, coiffé de sa casquette, il distribuait, tamponnait et déchirait les billets.

– Attention en traversant la voie ! criait-il. Il y a de la place pour tout le monde ! Ceux avec les animaux, à l'arrière sur la plate-forme !

Le convoi s'approcha dans la pénombre. Un monstre d'acier noir, avec un œil en plein milieu, renâclant, larguant la vapeur au ras des jambes. Le bruit de ferraille augmenté par le crissement des patins couvrit d'un coup le brouhaha de la foule. Le train s'arrêta juste devant l'entrée de la salle d'attente direction Digne.

Un mécanicien en tricot enfournait à grandes pelletées du charbon, un autre des rondins de bois. Le conducteur actionnait les manettes pour faire monter la pression, puis il descendait de sa machine et à l'aide d'un marteau tapait sur les roues. La foule, pleine de respect et d'admiration, reculait pour que ce dompteur des temps modernes pût exécuter sa tâche.

Sur les plates-formes, à l'arrière du convoi, je m'empressai de charger les colis et les malles que j'empilai avec ordre. Je les recouvris avec une bâche. Les voyageurs me dévisageaient avec curiosité.

André s'avança au milieu du quai et donna un coup de sifflet. Les retardataires se précipitèrent sur les marchepieds des wagons en se bousculant. Les autres se roulaient une cigarette, discutaient et se passaient une bouteille de gnole. Dans les cris, les jurons, les tapes dans le dos, le caquetage des poules, Barrême s'éveillait.

Le chef de gare siffla une seconde fois. La machine lui répondit par un long gémissement. Les portes claquèrent. André vérifia leur fermeture une à une.

– Barrême, Chaudon Norante, Mézel, Digne, terminus !

Il annonça plusieurs fois les arrêts puis agita un drapeau blanc. Le train patina sur ses rails, cracha la vapeur par-dessous la cuve, roula et prit de la vitesse.

6.
L'arrivée

Je promis à André de revenir mercredi prochain, jour de marché, pour le chargement. Il m'indiqua un raidillon qui longeait les distilleries, enjambait l'Asse par une passerelle interdite aux mules, côtoyait la mairie, aboutissait aux étables et coupait par la colline. Un raccourci qui me ferait gagner une bonne heure.

Le sentier livré aux orties était si resserré qu'il me rejetait en bordure des champs, dans les rigoles asséchées. Je humais les senteurs des herbes trempées. Je m'abreuvais de cette terre. Le temps tissait l'oubli et me délivrait de mes repères anciens. Je désirais ce jour.

Le soleil cuivrait les crêtes, embrasait les genévriers. Grisées de sucs, les grives s'étourdissaient de cris. Parfois un coup de fusil résonnait et la vallée semblait suspendre son souffle. Puis la vie reprenait ses droits.

Un oratoire solitaire se dressait à la croisée des chemins forestiers. Je me dirigeai vers le nord. Le sentier scintillant de givre me tirait vers Chaudon Norante. J'y arrivai un peu avant midi, dans un concert de pépiements d'oiseaux et de cliquetis de barres à mine échappés d'une proche carrière.

La maison des Guigue se dressait à l'entrée du village. La route principale la contournait avant d'aller mourir contre un vieux pont têtu. Sur une rive, un sentier s'évanouissait dans les raidillons montagneux. Un talus de cades et de thym l'entourait. L'eau d'une fontaine s'écoulait dans un énorme tronc creusé à l'herminette puis s'échappait vers une mare avec un bruit monotone qui adoucissait l'âme de ce lieu.

Un jardin aux fleurs d'hiver écloses, parfaitement entretenu, précédait une façade de chaux blanche aux volets bleus. Une vigne rougie serpentait autour des canisses de la tonnelle. Un chat somnolait sur une gerbe de blé séché, oubliée sur un guéridon d'été recouvert de bocaux vides. Un grand saule peignait les premières rangées de tuiles. Son ombre léchait la porte d'entrée. Scellée dans un pilier, une Vierge priait.

Je dévisageais ce bonheur de fleurs, de senteurs

et de fruits. Je vivais l'inespéré silence d'être. Je mesurais le temps où jamais plus l'inutile amertume ne me frôlerait.

Au premier étage, des rideaux remuaient par la fenêtre entrebâillée. Ce frémissement attirait mon regard. Je voulais surprendre son secret. L'étranger est celui qui écarte les voiles. Il pressent l'invisible car il cherche une autre vie.

Je résolus de m'annoncer chez les Guigue après le repas. À genoux sur le rebord du bassin, je bus l'eau fraîche et abondante. Elle coulait dans le col de ma chemise et me glaçait le torse.

J'allai par les venelles jusqu'à la place principale. Il n'y avait pas de monument aux morts. Comme si on ne s'était pas battu. Comme si, dans ce village, on ne savait pas mourir. Une chapelle au vitrail brisé, un petit cimetière qui devait abriter des anges dont le cœur se fût arrêté de battre par une sorte de mégarde, des marbres seulement salis par la rouille des crucifix, des bâtisses heureuses de se pelotonner en demi-cercle, une épicerie, un café où se restaurer : Chaudon Norante était l'absolu d'une terre.

Deux poules se disputaient un ver de terre. Une femme à moustaches, chaussée de lourds sabots, plumait un coq qui se débattait encore. Elle asséna du plat de la main un coup sur la crête de la volaille puis lui tira le cou. Les ailes s'écartèrent et se replièrent. La vieille continua le plumage en me toisant du coin de l'œil.

Des petites veuves se réchauffaient au soleil. Un foulard enserrait leur chignon. Elles ne parlaient pas. Une, moins âgée, sur un banc à l'écart, robe rayée et fichu de laine, tricotait. Un vieux chien blanc, couché à ses pieds, se grattait l'oreille.

Je m'installai au comptoir du café, en me débarrassant, derrière le rideau de roseaux cliquetant, de mon sac et de ma musette. Quatre hommes jouaient à la contrée. Je devinais aux cris et gesticulations que le patron participait aussi à la partie. Mon arrivée le perturbait.

– J'arrive, j'arrive !

La *mène* finie, il se leva et essuya le zinc avec un torchon.

– Voilà, voilà...

C'était un gars à la carrure de bûcheron, aussi chevelu qu'un galet de la Méditerranée. Les manches de sa blouse, retroussées sur les coudes, montraient des avant-bras de lutteur.

Je dis timidement :

– Allez-y, j'ai le temps.

– Une mène, on ne peut pas l'interrompre ! Et ces trois loustics disent que je fais tout pour gagner. Ils me font une drôle de réputation ! Après on vient me reprocher qu'ils perdent leurs semaines ! Le jeu, c'est le jeu.

Il se tourna vers ses compères.

– N'est-ce pas messieurs ?

Les joueurs marmonnaient tout en rangeant les cartes dans leur étui et les pions dans un sac vert noué par un lacet de cuir.

Le patron prit cinq verres à pied et une bouteille de rouge.

– Venez donc avec nous, l'étranger ! C'est ma tournée.

Il tira une chaise et me présenta ses partenaires.

– Martin, le maire de notre village, Émile Ventre, le Grêleux, et moi c'est Noël.

– Moi, Lorenzo.

Je trinquai avec eux. Nos verres s'entrechoquaient entre chaque rasade et le vin bien sucré nous étourdissait. Je répondais à leurs questions du mieux que je pouvais. Je racontai mon périple du Piémont, avec mes sœurs et ma mère. Nice, Le Broc, la guerre, mon retour, l'abandon de ma maison, la route par le col de Toutes-Aures, l'accueil du cabaretier de Castellane et Benedetto, seul avec les deux attelages, quelque part, là-haut, dans la forêt. Je parlais, on buvait, je leur répétais les noms de lieux, ma rencontre avec André à Barrême et son conseil pour les Guigue.

– Il a bien fait, dit Noël, il a bien fait...

Ils m'écoutaient en silence. Parfois ils m'interrompaient pour me demander si j'avais rencontré untel du hameau de la Bresse ou un autre des Isards, partis sur le front ou embarqués sur les océans.

Nous bûmes une bouteille, puis deux, puis encore une autre. Noël posa sur la table une miche à la croûte bien roussie, un saucisson, du fromage. Il demanda à sa femme de nous préparer une omelette de chanterelles.

– Mets au moins six œufs ! Les émotions, ça creuse. Pour une fois que quelqu'un ne gémit pas sur le foin en trousse qui pourrit ou sur les parasites des moutons égarés !

J'entendis un grognement au fond de la cuisine.

– T'inquiète pas, Lorenzo, continue. Sers-toi et mange.

Au début de la conversation, je m'étais contenté de grignoter. Prenant de l'assurance, je me mis à dévorer, ne laissant que les miettes que je pitais avec le bout de l'index.

Martin, le plus âgé, le menton posé sur le pommeau de sa canne, repoussa sa casquette sur le haut du front. Quelques cheveux argentés dépassaient. Il se racla le fond de la gorge.

– Toi, tu voudrais passer l'hiver ici, si je comprends bien.

– Peut-être plus, si la tâche se présente et si le pays m'accepte.

– Du boulot il n'en manque pas, entre la distillerie, les champs, les travaux de saison, tu trouveras ton compte, et des jeunes qui veulent faire un effort, il n'y en a plus guère. Digne n'est pas loin, avec le train on n'a pas le temps de monter qu'on y est déjà.

Il fut approuvé par les autres.

– Ceux qui sont partis ne reviendront plus, reprit Martin. Ils ne sont plus d'ici depuis longtemps. Quand on a goûté aux plaisirs de la ville...

– Tu ne vas pas le leur reprocher, dit Noël. Dans ce satané pays, on se tue pour rien. La montagne t'arrache les tripes et elle te rend que des caillasses. Il vaut mieux qu'ils soient fonctionnaires. En janvier et en février, il n'y a que dans cette vallée qu'il gèle autant. Demande au Grêleux, il a trouvé des restes de savon dans les terriers de renards. Comme ils crèvent de faim, ils les bouffent !

7.
Les confidences

Le Grêleux se recula dans un grand bruit. Son tabouret crissa sur le carrelage. Absent de la conversation, il n'avait pas prononcé un mot. On le surnommait ainsi parce que ses joues étaient creusées d'alvéoles. D'épais sourcils surmontaient un regard fuyant. Il se curait les ongles avec une paille, reniflait et buvait le coup, distant.

Il se dirigea vers la fenêtre en sifflotant, les mains dans les poches de son pantalon.

– Moi, si je pouvais, je m'en irais vite et loin, très loin. Encore plus loin que vous le pensez ! Je mettrais dix mille lieues entre nous pour qu'on ne me trouve pas. Tant pis pour vos chèvres et vos moutons. Ils brouteront les fleurs sur vos cercueils et vous lécheront les pieds.

Martin agita sa canne dans sa direction.

– N'insulte pas les saints ni les morts ! Mais

toi, le travail te fait pas mal ! Des semailles aux récoltes on te voit pas beaucoup mouiller la chemise !

– C'est pas ma faute si je suis pas bien né et, comme vos poches sont pégueuses, il faut que je me débrouille autrement. Vous verrez un jour ou l'autre !

Martin, à demi dressé, s'appuyant sur le dossier de la chaise, devenait tout rouge.

– Si tu tournais un peu moins autour de Madeleine Guigue, aussi. Tu vois pas que c'est pas une fille pour toi ! Nom d'un chien, si j'étais plus jeune...

Martin se rassit en tremblotant. Il se moucha à nouveau. Le Grêleux sortit sans rien dire à personne. Il poussa le rideau de la porte d'entrée. Le carillon à deux tons l'accompagna dans la ruelle.

– Calme-toi, Martin. Un coup de sang, ça arrive sans prévenir. Le docteur et le vétérinaire, ils sont à Digne.

– Tu risques de rencontrer directement saint Pierre sans passer par le curé ! Encore que, des péchés, tu ne dois pas en avoir beaucoup à te reprocher, renchérit Émile.

– Tu sais pas tout, balbutia Martin.

Il s'épongea le visage avec son vieux mouchoir à carreaux. Noël lui présenta une bouteille d'eau-de-vie. Martin se servit un verre qu'il but d'un trait en faisant claquer sa langue dans sa bouche. Il se resservit.

– Il faut lui pardonner, dit le patron. On le connaît, testoun, un peu fourbe, mais pas méchant. Et puis il est du village, c'est le meilleur châtreur de la vallée. Il est vrai que pour tenir les cisailles aussi habilement il faut avoir quelque chose de déplacé.

Martin gardait les yeux perdus dans le vide. Un poids lui courbait la nuque. Ses garçons étaient partis au collège de Manosque pour terminer leurs études. Puis le cadet s'était engagé dans la marine marchande, et l'aîné avait épousé la fille d'un nougatier célèbre de Marseille, où il s'était installé. Aucun n'était revenu. Bien des années étaient passées mais il n'admettait toujours pas que la terre accrochée à ses semelles, celle qu'il avait dû arracher aux éboulis et aux ronces eût été reniée par les enfants de Chaudon Norante et surtout par ses propres fils. Il avait enterré tout seul sa femme et reporté son affection sur le Grêleux. Malade, atteint par la petite vérole, délaissé par sa famille, l'adolescent, alors, traînait par monts et par vaux.

Martin avait envisagé de laisser sa succession à son protégé, l'un des rares hommes jeunes et validides du canton. Mais ses espoirs s'étaient dilués à mesure que passaient les années. Le Grêleux trafiquait avec les passeurs et les contrebandiers, braconnait, cherchait la bagarre dans les bals. Il se réfugiait chez Martin, devenu maire, quand les ennuis le poursuivaient d'un peu trop près.

À l'annonce de la mort dans les tranchées d'Albert, le fiancé de Madeleine Guigue, le Grêleux avait entrepris une cour indécente, ne respectant même pas le deuil de la jeune femme. Celle-ci avait eu beau le repousser avec fermeté, lui, plus obstiné qu'une ânesse au printemps, insistait à un point tel que le père Guigue avait dû demander à Martin de le raisonner.

Noël s'étira dans un bâillement.

– Sûr, il te fait pas honneur, ton Grêleux. Pour les remerciements tu pourras repasser ! Et avec ça incapable de travailler, ni même de te regarder lorsqu'il annonce à la contrée !

Martin posa une main sur mon avant-bras, ses yeux cherchaient les miens, comme s'il allait y trouver un remède à ses désillusions.

La ferme ne pouvait pas s'éteindre avec lui. Il

traçait au cordeau ses sillons, travaillait au rythme précis des lunes, livrait aux éléments une bataille quotidienne. La vigueur des grands chênes coulait dans ses veines et le rendait fort. Mais pour combien de temps ?

– Toi, tu es un bon gars, me dit-il. Il ne doit pas te falloir grand-chose pour être heureux. Un de ces soirs, passe me voir, je suis au col du Corobin. En pressant le pas, tu y es en dix minutes si tu coupes par les bois. Mais grimpe avant la nuit : on se perd facilement, les sentiers se ressemblent le soir.

Tout se tressait sans contrainte. J'avais l'impression que ma vie se remettait à l'endroit.

Émile Ventre, Martin et le patron me racontèrent l'histoire de Chaudon Norante sans trop effleurer les ragots de famille. Chacun à sa façon, se complétant ou se désavouant selon que les événements touchaient de trop près un cousinage ou un adultère, ils me parlaient de la transhumance des troupeaux, des champs à l'abandon, des hameaux qui se vident, des grandes neiges, de la construction de la route, de la voie ferrée, de l'édification prochaine du barrage de Castellane. Ce village minuscule où les moindres faits et gestes préoccupaient ses habitants à dix kilomètres à la ronde me séduisait par sa bonhomie, qui ne masquait pas l'âpreté de la montagne. Je pensais à mon Piémont, puis au Broc où mes racines étaient à jamais coupées, où la nostalgie de l'adolescence avait trompé ma destinée en me rattachant au passé.

Je souriais en songeant à Benedetto. Il s'était retrouvé avec deux carrioles et deux mules dont une carne bonne pour l'abattoir. Colporteur, vagabond, je m'accrochais aux souffles de cette vallée pour y ancrer un petit bout d'avenir.

Je pris congé de mes compagnons, le cœur gonflé de courage, la tête grisée par le vin.

Ma musette débordait de victuailles : une miche dorée et la gourde remplie jusqu'au goulot.

– Ça t'aidera quelques temps. On se reverra, lança Noël à l'assemblée. Les bonnes intentions font les bons clients !

Émile Ventre redistribua les cartes pour la partie suivante. Les habitudes reprenaient leur cours.

Sans les déranger, je me faufilai dans la ruelle avec un signe du menton en guise d'au revoir.

8.
Le foyer

Je poussai le portail de fer forgé noir. Une liane de lierre caressa mon front. Une traînée de bave d'escargot argentait le feuillage. Un fil de toile d'araignée se balançait dans le contre-jour. Un fer à cheval, attaché au barreau central, conjurait le mauvais sort et la maladie.

J'entrai sans bruit. Les gravillons roulaient sous mes semelles. Avec sa végétation à la fois sauvage et ordonnée, ce jardin n'était que calme et beauté. Dans le puits, un seau accroché à une chaîne rouillée grinçait.

J'allongeais le bras pour tirer sur la clochette quand le père Guigue ouvrit la porte.

– On vous attendait vers l'heure du repas !

Du premier regard, je devinai un être drôle, plein d'attentions, prêt à rendre service à n'importe quel bougre errant sur les drailles obscures.

– Vous m'attendiez ?

Ma surprise était de taille.

– Vous êtes bien Lorenzo, le voyageur sans valise ni maison qui surgit d'on ne sait où, qu'André a recueilli hier au soir ?

– C'est bien moi...

– Ce matin, j'avais deux caisses de canards à expédier pour le boucher de Digne, alors sur le quai, une personne nouvelle et qui en plus travaille, ça se remarque ! Je vous observais charger. Puis avec André on a parlé, de tout, de rien. Vous savez, ici, si le coucou est enroué, tout le pays le sait. Les nouvelles vont vite avec toutes ces langues de vipère... Entre les vieilles et le curé, la confesse est publique !

Il mit son doigt sur sa bouche.

– Il ne faut pas que je parle trop fort du corbeau et de ses grenouilles de bénitier, ma femme n'aime pas du tout qu'on taquine la prêche.

Il recula, livrant le passage et me tutoyant dans la foulée :

– J'arrête mes sottises, entre donc !

Je découvris une vaste cuisine claire au sol dallé d'argile. Les murs étaient carrelés de malons rouges sur lesquels pendaient des bouquets de thym, de romarin, de cerfeuil ainsi que des tresses d'ail et d'oignons. Aux poutres séchaient des jambons et des poitrines fumées. Sur le coin à bûches, des pots remplis de pois chiches, de fèves et de haricots secs. Un fer à repasser chauffait sur le poêle. Dans l'âtre, le couvercle d'un poêlon se soulevait sous la poussée de la vapeur. Un confiturier en chêne regorgeait de conserves sur lesquelles une main avait tracé à l'encre violette, d'une écriture très fine, la nature de leur contenu et la date de la mise en boîte.

Louise Guigue s'essuya les mains à son tablier blanc et rose. Elle ajusta son chignon en repiquant un petit peigne.

– Asseyez-vous, ne vous gênez pas. Je suis sûre que vous avez été coincé au bistrot là-haut. Ah, ils font une belle équipe !

– Y a même le curé qui y va...

Louise fixa son mari, mâchoires serrées, mais ne dit rien.

Elle m'invita à prendre place sur le banc contre la cheminée. Une douce chaleur m'envahit. Le père Guigue s'installa en face de moi. D'une poche de sa veste, il déballa une blague à tabac, un briquet, une pipe, étala son attirail. Il cura le fourneau avec son opinel et souffla dans le tuyau. Les cendres se volatilisèrent et retombèrent sur la nappe.

– Tu ne peux pas faire ton ménage ailleurs ? dit sa femme.

Il haussa les épaules.

– Appelle Madeleine ! Au moins, elle me comprend, elle. Et elle n'est pas toute la journée sur mon dos !

Louise monta à l'étage en soupirant. Les marches de bois craquaient sous ses pas. Elle traversa le palier, tapota à la porte et chuchota :

– Madeleine, Madeleine, descends ! Il y a le jeune homme de la gare, celui qu'André a recommandé à ton père.

Des bruits de pas résonnaient au-dessus de ma tête. Le père Guigue alluma sa pipe. Des volutes bleutées s'en échappèrent.

– Un peu de café ? Je viens de le faire.

Je n'eus pas le temps de répondre que déjà Louise apportait une tasse, une soucoupe et me servait.

– Un sucre ? Celui-là est bon, on l'achète le mercredi au marché. Il vient des îles.

– Arrête tes sornettes, tu lui remplis la cervelle pour rien. Tu lui as demandé au moins s'il aimait le café ? Il préfère peut-être autre chose !

– Non, merci, ça va très bien...

Le père Guigue se retourna.
– Ah, voilà Madeleine.
Il se poussa pour laisser un peu de place à sa fille.
– Madeleine, je te présente le voyageur du soir dont m'a parlé André. Il vient de… je ne sais où. De nulle part…
Madeleine opina de la tête, esquissant un sourire. Je me levai et lui tendis la main, qu'elle effleura de ses doigts.
– Bonjour…
– Lorenzo ! ajouta son père.
– Lorenzo… Nulle part, est-ce loin ?
– Pas toujours…
– Que venez-vous faire dans ces montagnes ? Cherchez-vous le vent, le froid, la glace du matin qu'il faut briser au puits ? Ou bien fuyez-vous la tempête ?
Je baissai les yeux, incapable de soutenir le feu de ses prunelles. Le rouge de la honte me montait au visage. Je ne devais mon salut qu'aux fils de la nappe que j'entortillais.
– Tu vois pas que tu l'embêtes, grommela son père. À force de rester enfermée dans ta chambre, des idées bizarres te viennent, et tu vois tout en noir !
Il se pencha vers moi :

– Elle sort un peu au printemps, dans le jardin, et parfois elle chante, mais c'est rare…

– Ce n'est pas un jardin, c'est un bout d'Éden tombé dans cette vallée !

Ces mots m'avaient échappé. Madeleine me troublait. Je repris mon souffle.

– Je ne cherche rien d'extraordinaire. Juste un coin pour poser mon sac et ma musette. Un toit pour m'abriter de la pluie et du tonnerre. Un morceau de terrain pour gagner le sou afin de changer mon costume et de valser pour la Saint-Jean. Un minuscule jardinet pour remplir mon estomac car la famine me ronge les os et me rend féroce. Des rangées de vigne pour presser la treille, sentir le sang du Christ couler dans mes veines et humidifier mes tempes à la chaude saison. Voilà mon chemin qui a commencé nulle part et qui m'a conduit jusqu'ici.

Le père Guigue écoutait, rallumant de temps à autre sa pipe. Louise arrêta de farfouiller dans ses casseroles. Madeleine me dévisageait, venait à mon secours. Moi le voyageur solitaire, je plantais ma tente à la croisée de ses chemins.

– Je suis courageux et le travail ne me fait pas peur. Je sais cultiver, empierrer les murs, renforcer les charpentes, garder les bêtes. Vous pouvez avoir confiance.

– J'avais deviné depuis longtemps. Il faut réfléchir. C'est qu'on est au début de l'hiver et l'hiver...

Il enfonça son pouce dans le fourneau pour tasser les cendres.

– Tous les hivers sont pareils, reprit Madeleine. La différence est que chaque année tu prends un an de plus. Tu te courbes davantage et un jour, c'est pas toi qui garderas les chèvres, c'est elles qui te protégeront des rapaces.

– On n'y est pas encore ! De tous ceux de ma classe, je suis un des seuls à être encore là, solide comme du granit.

Louise me prit à témoin.

– Quand je lui pose des ventouses, il hurle comme un chiot qui a la queue prise dans une porte ! Et maintenant, le froid, il l'attrape un peu trop souvent, et le granit devient plutôt calcaire !

– Maman arrête, après il va te parler du curé et vous bouderez toute la journée.

Madeleine posa sa main sur la mienne.

– Pire que des enfants ! Et voilà quarante ans que ça dure, mais l'un sans l'autre ce serait le désespoir.

Elle se dirigea vers l'évier, but un grand verre d'eau et revint s'asseoir. Le père Guigue perdu dans ses pensées mâchonnait une chique.

Madeleine, l'index jouant avec les volutes de fumée, fixait une brindille agrippée au revers de ma veste.

Louise retira du four une énorme tarte qu'elle partagea en quatre. Elle nous servit dans de petites assiettes bleutées. Le gâteau fumait. Je me brûlais les doigts en dégustant les tranches de pommes caramélisées.

– La solution, c'est peut-être le jas des Terres-Longues.

– Là-bas ? Au Pas-du-Loup ? Qu'est-ce que tu veux qu'il fasse ?

– Maman a raison. Lorenzo s'installe au jas et toi tu n'auras plus à y aller tous les jours.

– La moitié de la bâtisse est effondrée, il n'y a que l'étable qui tient debout. Il ne va pas loger avec le bétail !

– J'en ai vu d'autres. Pendant la guerre, on venait pas nous passer la brique dans les draps et nous border le soir. Je pourrais remonter la maison, la rendre habitable, petit à petit.

– En plus, le Pas-du-Loup est à une heure de marche de Barrême. Le jour du marché, il pourra aider André et en même temps descendre les bidons de lait pour le ramassage.

– Si vous vous y mettez toutes les deux... Lorenzo ne dira pas non ! On verra bien. Comme pense ma femme, Dieu t'aidera et, là-bas, tu en auras besoin. Les soirées seront longues. Tu parleras plus souvent aux pierres et aux animaux qu'aux promeneurs du dimanche. Il est vrai que tu ne seras pas tout à fait seul. Tu feras vite connaissance de Jeanne…

– Jeanne ?

– Oui. Un conseil, quand tu passeras près de ses restanques, baisse la tête, elle a la détente rapide. Et elle ne tire pas avec du gros sel : uniquement des chevrotines. Plusieurs chasseurs des alentours qui ne prêtaient pas attention à nos conseils ont eu leurs fesses transformées en passoire.

Louise garnit le foyer. Des flammèches crépitèrent un instant, puis les flammes enveloppèrent le bois. Au dehors, la pénombre annonçait la fin de l'après-midi. Madeleine alluma deux lampes à pétrole, une à chaque bout de la table.

Le chat se faufila par la chatière et se réfugia dans un panier d'osier. Il tricota un instant sur une couverture de laine, se lécha longuement la patte gauche avec un mouvement circulaire au-dessus de son oreille.

– Le mauvais temps se prépare…

Louise épluchait les légumes pour la soupe du soir. Le père Guigue dégustait à petites gorgées un verre d'alcool. Il faisait claquer sa langue dans sa bouche. Il soupira, bourra sa pipe et la ralluma.

– Jeanne ! De Digne à Castellane en passant par Forcalquier, tout le monde connaît son histoire. Une tragédie qui s'arrêtera à sa mort si les démons n'envahissent pas les lieux pour l'éternité.

– L'incompréhension des gens et la méchanceté. Le sort s'acharne toujours sur les innocents. Il aveugle les pleutres et les assoit dans leurs convictions. Quel gâchis !

La voix de Madeleine tremblait. Un pincement des lèvres marquait son dépit. Louise lava les légumes et les plongea dans une marmite qui bouillait sur la cuisinière.

– N'empêche que si un étranger rôde dans le coin, souvent les plombs lui sifflent aux oreilles ! Même nous, pourtant on l'a connue jeune, on fait très attention à ne pas empiéter sur son terrain. Si une brebis s'égare, c'est tout un monde pour la récupérer.

– Elle veille sur son trésor. Des braconniers nous racontent que parfois, au printemps, elle se promène sur la faille de Norante... Mais des histoires sur cette pauvresse, on en a inventé un peu trop. Lorenzo, tu verras de toi-même. Plus personne ne va jusqu'aux Roussiers, le hameau porte malheur. Sainte Thérèse ne le protège plus. Une partie de la chapelle s'est écroulée un après-midi d'orage. Bien que l'autel et le clocher tiennent debout, le curé ne veut plus bénir les ruines. Celui-là, il est vraiment courageux !

Le père Guigue, attristé par ces souvenirs, changea d'un coup de conversation.

– Une bonne soupe avec de la charcutaille, ça ira ? Madeleine, prépare une chambre pour ce garçon, demain on montera au Pas-du-Loup. C'est qu'il y a du boulot.

9.
Le drame

Depuis plus d'une vingtaine d'années, l'histoire de Jeanne Quilles défrayait régulièrement la chronique du canton. À proximité du Pas-du-Loup, il suffisait que survînt quelque chose d'anormal pour qu'aussitôt les langues se délient, sortent de l'oubli et qu'on l'accuse de tous les maux.

À un jet de pierre du jas des Terres-Longues, aux Roussiers, vivait Jeanne, la fille d'Adrien Quilles. Le hameau, édifié par ses ancêtres, avait été abandonné pendant trois générations, car les conditions d'exploitation agricole ne permettaient plus à la famille d'y vivre décemment. À flanc d'éboulis, dans un décor de poussière seulement animé par le ballet des corbeaux et des corneilles, rien ne poussait que les épineux. Trapu, le verbe rare, Adrien Quilles avait décidé un jour de reprendre son bien et de le faire fructifier. De ses propres mains, il avait défoncé les friches, gagné sur les garrigues et la montagne. Il avait remué des tonnes de rocaille pour trouver le terrain fertile, comblé les failles et les fossés séculaires. Il avait construit un aiguier, une citerne, et récupéré par des réseaux de rigoles l'eau de pluie et celle de la fonte des neiges. Il avait bâti des terrasses et stabilisé les pentes par des plantations de noisetiers et d'amandiers. On le surnommait le « débouleur de falaises ». Il épousa sa cousine Claude, venue de Majastre. Elle lui apporta dans la corbeille de mariée un millier de moutons, de brebis et surtout des béliers reproducteurs. Les affaires prospérèrent bien. Infatigable, il travaillait jusqu'à la nuit et se levait avant le chant du coq. Les éleveurs et les bergers du canton connaissaient les qualités de ses menons. Ils les lui louaient en automne pour chevroter. Adrien traitait les affaires au bout du champ. Pas de discussions inutiles. Pas de coup à boire. Ils topaient, payaient et malheur à celui qui ramenait une bête en retard.

Adrien descendait rarement au village. Ni pour les messes ni pour les fêtes votives. Il se contentait de l'essentiel, ne dépensant pratiquement rien. Quelques années plus tard, il se trouva en possession d'une petite fortune, toute de pièces d'argent, car il refusait les billets. On prétendait qu'il cachait son pécule sous la plaque supportant les chenets de la cheminée. Il portait la clef attachée à son cou par une cordelette. La nuit, tremblant d'inquiétude, il comptait et recomptait son magot. Il reprochait à son âme d'être plus envieuse que lui et de le contraindre à ouvrir son trésor pour l'admirer. Sa femme Claude ne pouvait plus allumer l'âtre.

Un soir d'hiver, Claude accoucha d'une fille : Jeanne. Adrien Quilles refusa la présence de la sage-femme et des vieilles de Chaudon Norante, persuadé que s'il aidait ses chèvres à mettre bas, il en ferait autant pour son épouse.

Claude mourut en couches le lendemain. Il l'enterra le jour même dans la réserve à grain. Incapable d'élever sa fille, il confia Jeanne à la famille Martin. Jeanne alla à l'école et, après son certificat d'études, retourna chez son père aux Roussiers. Adrien ne se remettait pas de son veuvage et de sa solitude prématurée. Il buvait, ne sortait plus de sa maison, négligeait ses cultures et son troupeau.

Soutenue par le père Guigue, par Martin et les gens du village, Jeanne se débrouillait autant pour les tâches ménagères que pour le reste de l'exploitation. Mais à mesure qu'elle grandissait, elle supportait de moins en moins Adrien.

– Il a la soupe amère, disait-elle.

En vieillissant, Adrien devenait méchant. Il avait des colères soudaines. Il en voulait au monde entier. Il ne parlait plus et dormait sur la tombe de sa femme. Jeanne poussait en fierté et en rudesse. Elle chantait à la foudre, fredonnait à l'orage. Elle écoutait les montagnes se déplacer. Elle se baignait dans les sources et butinait les saveurs du printemps.

Un mois de juillet, aux sonnailles, sa peau frémit au passage d'un berger qui menait son troupeau de Valensole au plateau de Vachère. Elle se blottit contre lui sur un tapis de fougères à l'ombre des noisetiers. Elle dévora avidement le désir de ses vingt ans, découvrant la fièvre de son ventre et la brutalité de l'homme qui passe et qui oublie.

Jeanne s'arrondissait au rythme des lunes et de la campagne. Elle cacha sa grossesse à son père qui ne dessoûlait plus du matin au soir, gangréné par l'avarice. Il ne dépassait pas le potager qui entourait la bâtisse. Son fusil était toujours chargé et il vérifiait continuellement l'ordre des objets sur la cheminée. Il barricada la remise à grain, accordant enfin à sa femme le repos éternel.

Les dernières plaques de neige se dissipaient, les narcisses et les jonquilles perçaient l'herbe tendre et verte. Les sources furetaient entre les mottes, les brebis agnelaient. Jeanne délivra sa fille au pré.

Elles restèrent longtemps allongées sous les premiers rayons de soleil. Elles effaçaient leurs douleurs. Jeanne serra le nouveau-né contre sa poitrine gonflée de lait. Elle lécha le visage de l'enfant, puis les bras, les jambes, tout le corps, lava ses paupières avec ses propres larmes. Le bébé ouvrit les yeux et remua les lèvres. Elle dégrafa son corsage et lui présenta un sein. L'enfant suça maladroitement le téton rond et brun, hoqueta et s'endormit entre les deux mamelles.

Jeanne berça sa chair au gré des souffles printaniers. Elle lui confessa longuement son existence et puis se dirigea, les jambes encore maculées de sang, vers la faille du Pas-du-Loup. Là, à bout de bras, elle présenta sa fille nue à la Durance en hurlant :

– Mathieu de Valensole, si tu entends ma douleur, sache que dans la vallée, tu as une rousse qui attend ton nom !

Elle enroula le bébé dans son manteau de bergère et rentra aux Roussiers. Adrien Quilles, pris d'une fureur éthylique, arracha la petite à Jeanne et renvoya sa fille garder le troupeau. Ses hurlements de douleur effrayèrent les moutons, les chèvres et les béliers, qui avancèrent vers les aplombs du Pas-du-Loup. Bloquées par un éboulis, les bêtes ne reculèrent pas. Devant le piège, l'animal est saisi d'effroi, attiré par le vide. Un premier bêlement de panique, les sabots qui trépignent, l'élan, la fuite dans le saut de la falaise. Un premier bouc s'élança, puis un autre, puis ce furent les brebis et les agnelles qui déchirèrent le néant. Un à un, tout le troupeau atterrit vingt mètres plus bas dans un bruit mat.

Le tocsin sonna à Chaudon Norante, suivi par les cloches de Barrême et de La Robine. Les villageoises accoururent sur la route, les hommes quittèrent les champs pour rejoindre le Pas-du-Loup. Adrien Quilles, dégrisé brutalement par les cris de mort, accourut des Roussiers au plateau pour découvrir le massacre. Il serrait la fille de Jeanne, toujours enveloppée dans le manteau de bergère, contre sa poitrine. La bave humectait sa bouche, des coulées blanchâtres dégoulinaient sur son menton. Un dernier sursaut et la brumeuse terreur d'Adrien Quilles résonna dans les clues de l'Asse. Il s'écrasa au milieu des tripes de ses moutons.

La rousse s'envola avec les anges retrouver la paix fragile des colombes lointaines.

Jeanne fixait l'étoile polaire au-dessus des cimes rouges de Norante. Dans sa tête lui parvenait la musique des innocents. Elle entendait les râles des bestiaux ; Adrien Quilles agonisait les yeux ouverts. Elle marcha toute la nuit, allant et venant des Roussiers aux plateaux, des plateaux aux combes, funambule sur les arêtes rocheuses riant du rire des diables quand ils ont investi l'âme des martyrs. Son corps se tordait et se cabrait comme si une épée lui traversait le ventre. Quand la transe cessa, les villageois reculèrent, épouvantés par cette figure grimaçante.

Alors Jeanne chanta le cantique des morts. Elle s'arrachait des touffes de cheveux et les offrait aux cadavres comme on jette des poignées de terre sur les cercueils. Des adieux funèbres dont le souvenir hante encore la barre de Norante.

À l'aube, elle mit le feu à la remise à grain. Le brasier consuma les traces de son enfance. Sa mère, Claude, rejoignit la rousse au pays de ses croyances. Elle ferma tous les volets, les cloua avec une planche calée en diagonale. Un dernier regard vers les neiges éternelles, puis elle s'enferma dans la maison. Elle poussa les chenets contre le mur, souleva la dalle de l'âtre et s'empara du trésor d'Adrien Quilles. Elle posa la cassette sur ses genoux, souffla dessus pour ôter la poussière, fit sauter le couvercle avec un coutelas. Les pièces d'argent roulèrent sur la table. Elle les essuya une par une avec un vieux chiffon, les compta et les recompta.

– Mon trésor... mon trésor, ruminait-elle, les mâchoires serrées.

Toute sa face tremblait, et ses bras, ses jambes, une poupée de chiffon ballottée par le diable. Elle tomba sur le sol, perdit connaissance. Le calme revint avec la pleine nuit. Elle perçut les jappements des renards et la course des loirs sous les combles. Elle se releva en s'accrochant à un tabouret, alluma une bougie et reprit sa respiration. Un rictus paralysait définitivement le bas de son visage. Elle n'avait ni soif ni faim, ne ressentait aucune douleur. Aucun sentiment n'habitait son cœur, ni haine, ni peine, ni désir de vengeance.

Du 4 au 14 décembre 1920

10.
Le réveil

Madeleine s'étira dans son lit. Elle remonta l'édredon sur son nez. Le chat vint la rejoindre en ronronnant. Elle attendait Albert, et c'est Lorenzo qui avait poussé le portail du jardin. Il n'avait pas traversé le pont des Rouches, il avait déboulé de la chênaie.

« Irai-je le voir au jas des Terres-Longues ? »

Madeleine s'interrogeait à haute voix. Elle se retourna sur l'oreiller.

« Je l'accompagnerai à la naissance des sources de l'Asse. Je lui montrerai les trois rivières. »

Lorenzo chassait le fantôme d'Albert, il entrait à pas feutrés dans sa vie sans bousculer le rythme des jours. Son regard très doux, son visage partagé entre la crainte de blesser et la pudeur des êtres forts redonnaient à Madeleine de l'espoir.

« Albert ne reviendra plus ! L'inconnu a traversé l'allée. Il a marché jusqu'au perron, je l'attendais un matin de pluie... »

Allongée sur le dos, elle décrivait avec ses ongles les sinuosités des chemins. Elle parlait fort, comme si Albert était dans la pièce, une valise à la main pour un long et dernier voyage.

« Pardonne-moi, Albert, je ne veux plus vivre avec des souvenirs ! Tous les objets te ressemblent, la mousse où nous nous sommes connus aussi. Maintenant, je dois t'oublier. Quitte-moi ! Je ne veux plus étreindre une ombre ! »

Elle se leva, tira les tentures, entrebâilla la fenêtre. Le froid s'engouffra dans la chambre. La brume couvrait le pont des Rouches. La fontaine gargouillait, déjà prise dans les givres de l'aube.

« J'irai lui rendre visite et je l'aiderai à s'installer. »

Emmitouflée dans une couverture, elle s'assit sur le rebord, sa poupée devant elle.

« On lui donnera un autre prénom, qu'en penses-tu ? Tous les Italiens s'appellent Lorenzo. Nous, on lui trouvera... »

Elle serrait sa poupée et lui embrassait les cheveux.

« Et puis non. Lorenzo, ça lui va bien. Il se fâcherait, s'il savait ! »

Les bruits familiers du lever agitaient discrètement la maison. L'odeur du café se mêlait à celle de l'âtre ravivé. Un craquement à l'étage, quelques pas hésitants, des meubles tirés et repoussés sur le parquet : Louise commençait sa journée.

Dans la courette, à l'arrière, le père Guigue et Lorenzo achevaient le chargement : paille et avoine pour le bétail, outils de maçon, vêtements chauds, nourriture pour une semaine, bougies, lampes à pétrole, pièges. Un bon fusil avec de la poudre et des cartouches pour améliorer l'ordinaire et dissuader les curieux ou les vagabonds. L'âne fut attelé au charreton. Le père Guigue expliqua une nouvelle fois à Lorenzo le trajet du Pas-du-Loup et réitéra ses recommandations.

– Ne vous inquiétez pas, père Guigue, dans une ou deux semaines on en reparlera.

– Allez *vai* ! Et ne te laisse pas embarquer par Bichon. Cette bourrique, quand ça lui prend, elle fait ce qu'elle veut, et attention, après le pont c'est un dévers sur la rivière et ça glisse !

Une tape sur la croupe, l'âne avança. Lorenzo marchait à ses côtés, le menant à la bride. Il fit une ou deux fois le tour des ridelles, vérifiant les attaches. Il claqua sa badine et Bichon accéléra l'allure.

Madeleine regardait le convoi s'éloigner sur la

route. Les sabots ferrés martelaient le goudron. Elle était heureuse. Une sorte de fierté l'animait. Lorenzo franchit le pont des Rouches et disparut dans le flanc de la montagne.

Madeleine soupirait de bien-être. Le calme tant désiré l'envahissait. Elle flottait, tout engourdie de bonheur. Son esprit accompagnait Lorenzo au jas des Terres-Longues. Lui seul pouvait embrasser la douleur des pierres et faire expier à ce lieu le mal qui l'imprégnait. Le Pas-du-Loup serait délivré. À nouveau les souffles d'été câlineraient les blés, et le clocher de la chapelle annoncerait la fin des moissons. Elle arpentait sa chambre, inspectait chaque objet, chaque parcelle de ce décor figé. Elle ouvrit en grand la fenêtre et poussa les volets qui claquèrent sur la façade. Le jour s'infiltrait. Elle laissa glisser de son dos la couverture, ôta sa chemise de nuit, frissonnant aux caresses de l'air froid. Elle était prise d'un désir soudain de lumière. Nue, elle rassembla tous les bibelots, décrocha des murs le crucifix d'olivier, un tableau peint par son grand-père, le portrait d'Albert, entassa le tout dans un carton à chapeaux qu'elle ficela et fourra dans son armoire. Une par une, elle déchira les lettres et les cartes postales oblitérées par l'armée et les jeta dans la braise encore chaude de l'âtre. Ses espoirs, ses attentes partirent en fumée. Elle s'habilla d'une robe claire ceinte à la taille par une écharpe rose, brossa ses cheveux en arrière et les laissa tomber sur ses reins. Elle couvrit ses épaules, maquilla ses paupières et colora ses lèvres. Elle se sentit libérée de mille ans d'exil. À son piano orné de lettres dorées, elle dit, soudain autoritaire : « Réveille-toi, mon vieux pinson, il va falloir s'y remettre. Pour lui et pour tous ceux que j'ai oubliés les soirs de chagrin. »

Ses ongles glissèrent sur les touches pour livrer des accents aigrelets et désaccordés. Jamais pourtant les sons échappés des touches blanches et noires ne lui avaient paru aussi beaux. Ils lui offraient la mélodie de l'univers. Madeleine hésitait, se remémorait les musiques de son enfance. Elle revoyait son institutrice, sa baguette à la main, marquant le tempo sur sa cuisse. Dans le bas de son armoire, elle trouva une partition jaunie qu'elle disposa sur le pupitre. « *Le temps des cerises* », murmura-t-elle à sa poupée. T'en souviens-tu au moins ? C'est le chant de la révolte et du bonheur ! Mais toi, avec ta cervelle de porcelaine, je me demande si tu m'entends encore... »

Madeleine déchiffra la portée, d'abord de la main droite, note par note, puis un accord, ensuite la gauche. Quand les sons aigus furent couverts par les graves, elle ferma les yeux. Lorenzo apprivoiserait le Pas-du-Loup, remodèlerait ses contours, rendrait fertiles les sillons. Elle irait le rejoindre. Elle en était sûre. La musique amplifiait son espérance. À nouveau elle découvrait une joie immense, la joie des gens qui rêvent. Des larmes perlaient au bord de ses paupières, sa chevelure suivait le balancement de son buste, elle franchissait les murailles que sa douleur avait dressées.

Le père Guigue alluma un petit bout de cigare et regarda le charreton disparaître. Il se sentait soulagé et inquiet à la fois.

Louise le rejoignit sur le pas de la porte.

– Il est jeune et courageux, il se débrouillera très bien et j'enverrai le curé bénir le jas.

– Il en aura besoin surtout si ton prêtre lui monte quelques bottes de paille ! Mais je crois qu'une autre personne qu'on connaît bien s'occupera de lui !

– Je le crois aussi.

– Madeleine...

Le père Guigue ne put terminer sa phrase, sa gorge se serrait.

– Cette musique m'a rappelé tant de choses...
Louise appuya son front contre la nuque de son mari.

Ils restèrent longtemps, chacun refoulant ses sanglots pour ne pas être surpris par l'autre. De ses bras vigoureux, Louise enserra le torse fatigué de son mari. Ils ressemblaient à un vieil arbre. Ils avaient réclamé tant de fois à la Vierge une paix sereine pour Madeleine...

Louise murmura une longue phrase qu'il ne comprit pas. Qu'importait. Il acquiesça quand même.

– Je vais ratisser les feuilles mortes dans l'allée.

Elle se détacha de lui. Sans se retourner, le père Guigue se dirigea vers l'atelier.

11.
La rencontre

Bichon avançait d'un pas sûr. Il connaissait les moindres embûches du chemin muletier. Il s'arrêtait devant les chardons bien tendres, les pousses d'épineux, ralentissait dans les descentes, renâclait à l'approche des raidillons. Parfois, il trottinait sur le plat comme font les ânes vieillissants.

J'atteignis le jas des Terres-Longues à la fin de la matinée. Bichon s'installa devant l'abreuvoir, refusant de parcourir les quelques mètres qui le séparaient du point de déchargement. Je n'insistai pas. Je le dételai et, suivant les conseils du père Guigue, le laissai libre. L'âne se roula dans une mare de boue, galopa jusqu'au pré et dégusta un carré de luzerne.

Accolé à une muraille qui surplombait une longue toiture pentue en planches de mélèze toutes racornies, le jas des Terres-Longues dominait le Pas-du-Loup. C'était une longue bâtisse basse, d'un seul tenant, aux murs grossiers de galets de l'Asse agglomérés à un mélange de terre et de chaux. Deux chênes verts, collés comme des frères, ombrageaient une chapelle au toit effondré. Un tas de gravats et de tuiles éclatées attestait l'abandon du culte. Plus haut, cachée par des taillis et des lauzes, une source généreuse coulait dans un bassin. Des milliers d'araignées à longues pattes s'agitaient dans tous les sens. Après les pâturages, les frondaisons lumineuses de la forêt accentuaient le contour des cimes.

Cette campagne refleurirait avec moi. Je me préparais à un combat quotidien contre les éléments. Je retrouverais les tracés anciens. La Providence m'aiderait.

Il fallait grimper quatre marches pour entrer. Quand je posai les pieds dans la bâtisse, je sentis un poids de moins sur mes épaules. J'étais chez moi et j'étais libre.

Des objets hétéroclites jonchaient le sol de la pièce centrale : ferrailles rouillées, cercles de barriques, carcasses de charrues, bonbonnes, alambics et aussi les pièces d'une machine diabolique dont je ne pus définir l'origine.

Cette salle jouxtait l'écurie. Au nord, adossées au rocher, se trouvaient les étables des menons. Le cochonnier, la remise et la forge s'ouvraient à l'ouest. Au-dessus, une chambre communiquait avec le poulailler par une brèche. L'ensemble eût mérité plus de sollicitude. Le père Guigue n'y venait que pour soigner le bétail et ravitailler Jeanne. La perspective des travaux m'excitait terriblement. Je m'activai, fouillant partout, triant les ustensiles et les outils. Je fis un grand feu pour ranimer la cheminée après en avoir délogé les locataires importuns. La fumée exhalait un parfum de pignes.

Un large évier barrait le fond de la cuisine. Des rideaux à carreaux blancs et bleus cachaient des marmites et des poêles.

Des tresses d'ail et d'oignons pendaient des solives. Sur une étagère, un flacon d'huile d'olive, une miche de pain séché et des allumettes. À côté du four à pain, un fagot de branchages : le pauvre hère perdu dans la tempête, le chasseur égaré dans la bourrasque pouvaient se sécher et se restaurer. Après avoir pris possession des lieux et arrangé sommairement ma nouvelle demeure, je fis réchauffer le ragoût de Louise.

Puis, la tête remplie de projets, épuisé de fatigue, je m'endormis sur une paillasse d'herbes sèches.

Le lendemain, je tentai d'amadouer Jeanne. Son histoire me bouleversait, mais il eût été trop stupide, après quatre années d'enfer à ramper entre les mines dans un déluge d'acier et de feu, de m'exposer à une salve de chevrotine.

Je me postai à l'abri de sa meurtrière, un pied dans le pâturage, l'autre dans le fossé d'irrigation, à la limite des Roussiers. Un énorme châtaignier et une restanque me serviraient de refuge en cas de repli.

Je voulais que Jeanne m'observât et vît en moi un allié. Quelle force obscure me poussait vers elle ? J'agitai au-dessus de mon crâne un panier de nourriture que Louise avait confectionné comme chaque fois que quelqu'un montait ici.

– Jeanne !

Pour toute réponse, un silence impressionnant, entrecoupé par les bêlements des moutons qui passaient leurs museaux à travers les barrières.

– Je suis un ami du père Guigue et de Martin, de Chaudon Norante !

Les bêtes bêlaient de plus en plus fort.

– Je m'appelle Lorenzo ! Je viens vous saluer, je suis votre voisin maintenant...

À chaque appel, je m'enhardissais un peu plus.

– Je pose le panier là ! Vous le prendrez quand vous voudrez !

Je disposai les vivres au beau milieu du chemin, devant un portillon de planches rafistolées. Puis une sorte de murmure surgit de son caveau. Je sentais sur moi le regard de Jeanne. J'éprouvais une commisération infinie pour cette femme terrée dans sa masure. Qu'avait-elle à se reprocher, sinon son innocence broyée par la stupidité des êtres veules ? Moi, je buvais le soleil et j'avais envie qu'elle s'y désaltère aussi. Sa douleur était la mienne. L'injustice dont elle avait souffert, j'en souffrais également.

Je montrai du doigt le jas.

– Je suis là, si vous avez besoin de moi !

Je lui adressai un signe et retournai à ma besogne.

Jeanne restait tout le jour enfermée. Elle ne sortait que la nuit, le fusil à la main, vidait sa tinette, tirait un seau d'eau au puits et retournait se barricader chez elle. De la lucarne de la grange, je l'apercevais, enveloppée dans un long manteau, fondue dans la blancheur de la lune.

J'étais frappé de stupeur : il me semblait reconnaître ma mère dans cette démarche lente, dans cette silhouette à la fois fragile et assurée. Un soir, elle retourna à son antre, en empruntant non pas le chemin habituel, mais la route du jas. Elle s'arrêta au pied de la grange et leva la tête. Je suis sûr qu'elle devinait ma présence. Jeanne, Rosa... Cette figure ténébreuse et ma propre mère fondues dans le même destin de solitude et d'abandon. Je me sentais investi d'une mission : établir entre elles un lien par-delà le passé, par-delà l'absence.

Les jours suivants, Jeanne refusa mes offres. J'insistais pourtant, renouvelant les provisions, les rapportant, bien en vue, au même endroit.

– C'est de bon cœur, lui criais-je.

Un matin, je trouvai le panier vide et, calé entre deux cailloux, une bouteille vide. Je compris le message. À la fin de l'après-midi, je déposai, au milieu des victuailles, une fiole de bon vin rouge.

On se parlait comme ça, à distance. Le fait que Jeanne me sollicitât me rendait gai.

Une autre fois, je repérai le panier accroché au portillon ; ficelés sur l'anse par un ruban mauve, un bouquet de blés séchés et la photographie de Jeanne, accompagnée de Martin, à l'école de Chaudon Norante. Elle me livrait une parcelle de son passé, la plus heureuse sans doute. Elle venait à moi avec tout son fardeau d'épouvantes et de craintes. Prisonnière d'elle-même et de ses secrets, elle se battait contre ceux qui dérangeaient ses silences et ses souvenirs. Seul le trésor d'Adrien Quilles l'attachait au réel.

Je ne m'avançais jamais plus loin que les limites de la propriété. Je respectais son territoire. La porte restait toujours close.

Toute la semaine fut consacrée au nettoyage, au rangement et à l'organisation du jas. Je parquai les bêtes dans un enclos construit de mes mains. Cela me permit de nettoyer plus facilement la bergerie. Dans le cochonnier, j'entreposai ce qui ne me servirait pas pour l'hiver avec l'intention, dès l'été, d'y élever quelques porcelets bien dodus. Je débouchai les écoulements du toit, les caniveaux d'irrigation et remis en service une citerne d'eau pluviale.

Le jas se réveillait d'une longue somnolence.

J'étais fier de mon labeur. Le soir, je m'affalais sur mon lit de fortune et m'endormais comme un enfant. Bichon m'adorait, il me suivait partout, même dans la maison.

Le retard du gel et des chutes de neige facilitait grandement ma tâche. Je m'imprégnais de ce site, me coulais au plus profond de ses veines. Je me grisais du bonheur de décider seul de mes actes. J'allais et venais des plateaux au Pas-du-Loup, de la barre de Norante aux sous-bois. Je guettais les battements d'ailes, le cri rauque de la perdrix blanche, les mouflons et les bouquetins qui dévalaient les crêtes et les ravins.

Je me suffisais à moi-même dans ce paradis. Les sommets blanchissaient et les arbres brillaient du givre matinal. L'herbe craquait sous les pas. Les cascades des clues coulaient sous des fuseaux de glace.

Je devais me rendre à Chaudon Norante pour livrer les premiers bidons de lait et m'approvisionner. C'était la première fois que je m'absentais du jas des Terres-Longues.

Je n'avais pas donné de mes nouvelles à Madeleine depuis quinze jours. Je laissais Jeanne seule. Je déposai dans le panier un lapin pris au collet, enroulai autour de la bouteille un chapelet de glands avec une croix taillée dans une fourche de chêne.

À l'aube, alors que je harnachais Bichon, la porte s'entrebâilla et je vis Jeanne qui se signait.

Je lui adressai un salut.

15 décembre 1920

12.
Le retour

Bichon trottinait allégrement. L'étable était proche et j'avais du mal à le retenir.

Madeleine me rejoignit juste avant le dernier lacet, là où l'Asse contourne le village et file vers Digne. Elle grimpa sur la banquette.

– Racontez-moi...

Elle passa son bras sous le mien. Sa main serrait mon poignet.

– Je veux tout savoir. Votre vie là-haut, la Jeanne, tout.

– Vous êtes très curieuse... Si votre père apprend que je vous mets au courant avant lui, qu'en pensera-t-il ?

– Ne me faites pas attendre.

– Dans l'état où j'ai trouvé les lieux, je n'ai pas eu le temps de m'ennuyer.

– Moi qui croyais que la montagne vous avait mangé tout cru…

Elle serra son épaule contre la mienne. Elle sentait l'eau de lavande. Je n'osais bouger un seul doigt, de peur de rompre cette volupté. Nous roulâmes un instant, muets. La maison du père Guigue était à portée de voix. Les cheveux de Madeleine frôlaient ma joue.

Sans que j'aie eu le temps de le soulager de son faix, Bichon s'engouffra à toute allure dans la remise ouverte et s'attaqua à une botte de foin dans le râtelier.

– Alors on est venu à ta rencontre !

Le père Guigue arrivait à grands pas, suivi de Louise.

– Et quelle rencontre ! dis-je en riant.

Louise me gratifia de bises bien claquantes.

– Chez nous, à la montagne, c'est quatre ! Vous allez voir, à midi, vous allez vous régaler, j'ai mitonné…

– Laisse-le arriver, ce pauvre garçon, il peut à peine respirer. Fais-le entrer !

Il me confia :

– Je ne sais pas ce qui se passe dans cette maison, mais depuis ta venue, rien n'est pareil, Madeleine joue du piano toute la journée et chante comme un rossignol. Louise me demande de la conduire à Barrême au train ! Elle veut aller se faire coiffer à Digne ! Sa mère faisait chauffer le fer et mettait des rouleaux, elle peut faire la même chose, ça coûtera moins cher !

Je ne le contrariai pas. Madeleine me tenait toujours le bras. Un peu gêné, mais pas mécontent, je décrivis au père Guigue les travaux entrepris au jas.

– Et les bêtes ?

– Deux bidons de lait dans le charreton, mais au printemps on passera la cendre pour les protéger des épidémies. Il me faut du sel pour les fortifier. Je les sors tant qu'il ne fait pas très froid. Les fourrages ont fermenté alors je les ai montés en meule, ça fera du bon fumier.

– Le jas ?

– Du nettoyage et des petites réparations. Rien de grave. Aux premiers rayons, on déjeunera dehors. Je voudrais bricoler une tonnelle avec des roses trémières.

– Et la Jeanne ?

Je me détachai un instant de Madeleine. Je leur contai mes approches, mes progrès, son cadeau, le chapelet de glands et, ce matin, son signe de croix.

Le père Guigue sifflotait de contentement en bourrant sa pipe.

Madeleine interrompit mes réflexions.

– Vous pourriez continuer à bavarder dans la cuisine par exemple ! Là, entre Bichon et son crottin…

– Tu as raison ma fille, on te suit.

– Tu resteras quelque temps ici, on fera l'inventaire de ce qui te manque. Je te suivrai avec une seconde charrette. Au retour, je te débarrasserai des vieilleries qui gênent.

– Je monterai avec vous, dit Madeleine.

– Va donc lui préparer sa chambre !

Madeleine s'éloigna.

– Ça te va, Lorenzo ?

– Je préfère ne pas trop traîner pour la Jeanne. Je ne veux pas l'abandonner longtemps.

– Comme tu veux. Je te rejoindrai le lendemain.

– N'oubliez pas Madeleine ! Autrement, je me ferai une ennemie du diable.

– Madeleine ! Elle s'attachera plutôt à la place de la mule, d'ailleurs elle est aussi têtue qu'elle !

13.
Le sermon

La nouvelle de mon installation au Pas-du-Loup se faufila dans les ruelles, entra dans le café et dans l'épicerie à la vitesse de la poudre. Dix jours passés là-haut, il y avait de quoi soulever pas mal de questions.

Certains colportaient des ragots : « Il veut marier à tout prix sa fille », « la Jeanne, là-haut, elle est seule avec sa fortune », « ils sont de connivence », « il a bien senti l'héritage »... Le père Guigue, très philosophe, clamait à la cantonade :

– Les mauvaises consciences, c'est ce qui pousse le mieux dans ce pays !

Issu avec les Martin d'une des plus vieilles familles de Norante, son honnêteté n'était pas vraiment mise en doute. Respecté par tous les gens du canton, son humour et sa probité gênaient parfois ceux qui ne retrouvaient leur droiture qu'à confesse ou à la messe, les dimanches où la chasse et la pêche étaient interdites. Il ne cachait à personne l'estime qu'il me portait, répétant aux uns et aux autres que grâce à moi, le jas des Terres-Longues allait revivre. Mais ce qui étonnait le plus les habitants du village, c'était que l'arme de Jeanne fût restée silencieuse.

Le curé prononça un de ces sermons tonnants qu'il réservait généralement aux seuls événements religieux. Du haut de sa chaire, paré de sa chasuble brodée, il toisait ses ouailles. Aux premiers rangs, les femmes, un foulard noir sur les cheveux, écoutaient avec dévotion. Les vieux, au balcon, se dévisageaient avec une moue, haussant les sourcils, opinant du menton. Certains se mouchaient, impatients d'en finir avec la corvée dominicale.

–... et alors Jeanne ouvrit la porte et se signa...

Le silence s'abattit dans la nef. Le curé reprit :

–... pour nous pardonner. Un homme jeune venu de là-bas... (il désigna l'autel), tel le Christ sur le mont des Oliviers, lui parla ! Jeanne ouvrit sa tombe pour nous livrer ses prières comme

Lazare ressuscité. Jeanne nous pardonne, mes frères, Jeanne nous pardonne !

Louise en avait la chair de poule. Lorenzo comparé au Christ ! Elle songea : pour le dîner, il faudra mettre la grande nappe blanche et les couverts de mariage.

Martin se pencha vers Émile Ventre.

– Tout ça c'est des cagades, mais il faut avouer que ce Lorenzo, c'est pas n'importe qui !

Émile Ventre haussa les épaules. Le prêtre continua son discours sur le repentir et l'Apocalypse, mais il ne fut nullement question de bénir le Pas-du-Loup et encore moins de restaurer la chapelle.

Le père Guigue et moi rejoignîmes Louise à la sortie de l'office. Nous nous promenâmes dans les ruelles. Il faisait doux pour la saison. Nous nous installâmes à une table ronde du café, sur la place.

Je me laissais porter par leur gentillesse. J'avais trouvé, par hasard, une famille qui m'offrait un peu de paix et de douceur.

– André m'a demandé de tes nouvelles, dit le père Guigue. Va le voir un de ces jours, ça lui fera plaisir. Il compte toujours sur ton aide.

– Il faudrait… mais là-haut !

Je ne pensais qu'au jas des Terres-Longues, au Pas-du-Loup, à Jeanne, aux Roussiers, à Madeleine. Je dévalais les éboulis, escaladais les collines, m'enivrais de la senteur des plantes, m'infiltrais sous les racines. Je rêvais aux semailles, aux récoltes, aux greniers gonflés par le foin. J'étais avide de récolter mes propres vendanges.

Madeleine me taquinait quand elle me voyait perdu dans mes rêveries.

– Lorenzo ! restez avec nous…

Je lui souriais, posais ma main sur la sienne. Elle la retenait sans aucune pudeur.

Les aiguilles des montagnes se voilaient au loin. La ligne de démarcation entre ciel et terre devenait plus épaisse à mesure que la neige lissait les névés, comblait les ruisseaux, cachait les crevasses. Je n'arrivais pas à me détourner de ce paysage. L'immensité me lançait un défi. Je devenais le défenseur des Roussiers, le gardien incontestable du Pas-du-Loup.

14.
La dispute

Émile Ventre, Martin et le Grêleux buvaient au comptoir. Ils ne jouaient pas à la contrée : le patron, affairé, ne pouvait leur servir de quatrième partenaire. Un ennui certain se lisait sur leur visage. Ils attendaient que l'hiver passe. Mais celui-ci tardait à venir et les récoltes seraient médiocres. Le Grêleux se curait les dents avec un bout de paille. Émile Ventre sirotait un canon de blanc. Martin appuyé sur sa canne s'endormait presque.

– Dire qu'il y a deux semaines ils ne se connaissaient même pas, balbutia le Grêleux.

Martin se redressa d'un coup.

– Et alors ?

– Alors quoi !

Le Grêleux se dirigea vers la porte, son verre à la main.

– Vous trouvez ça normal, vous ! Il arrive là, comme ça, et on lui donne tout !

– C'est dimanche, on a tous été bénis, vous allez pas commencer vos disputes ! Laissez-le tranquille et puis si ça lui réussit tant mieux, c'est qu'il a été plus malin que toi ! déclara Noël.

Émile Ventre ajouta :

– Mais quand même...

Les autres clients suivaient la conversation sans rien dire. Le sermon du curé les avait impressionnés. Il avait parlé de Lorenzo d'une drôle de façon. Les dieux païens, ils n'y croyaient pas. Des histoires pour les femmes. Mais les démons, ils les exorcisaient à longueur d'année : les plantes de la Saint-Jean accrochées aux voûtes des bergeries pour les troupeaux, la fougère mâle trempée dans l'eau bénite salée contre le ténia, les talismans cloués sur les portes pour chasser le diable, la pierre de tonnerre pour la prospérité, les cendres du bûcher pour protéger des épidémies, les cloches pour écarter la foudre. Autant de traditions transmises de pères en fils, et respectées suivant un rituel ancestral. Les démons qui pouvaient porter le malheur jusque dans le hameau le plus éloigné des Alpages, ils les brûlaient ou les pendaient.

– Regardez-les dehors ! grommela le Grêleux. Toute la famille réunie ! Sûr qu'ils vont fêter la Nativité ensemble. Et on s'attristait du sort de la pauvre Madeleine ! Son Albert, mon copain mort pour la France, s'il voyait ça…

– Je t'interdis de critiquer Madeleine ! Et toi, la guerre, t'y es allé ? Tu t'es défilé comme un lâche ! Heureusement que je connaissais les gendarmes…

Martin se rua vers le Grêleux, la canne en l'air. Émile Ventre retint son bras avant qu'il ne l'assomme.

– Tu es jaloux ! gueula Martin. Tu baves de jalousie ! Madeleine n'a jamais été pour toi. Même au temps où le pauvre Albert la fréquentait, tu en étais malade ! À présent, qu'est-ce que tu veux faire ? Tout détruire ? Peut-être que si tu avais été un peu plus intelligent, elle t'aurait regardé. Allez, tu me fais pitié, tu me dégoûtes même.

Soudain très calme, le Grêleux tira une chaise et s'assit, jambes étendues.

– Si ça continue, Martin, c'est Lorenzo qui va hériter de tes meubles. N'oublie pas que tu n'es pas éternel, et comme tu es cousin avec le père Guigue…

Martin prit l'assemblée à témoin, pointant son

doigt vers le Grêleux comme s'il voulait le foudroyer.

– Je léguerai mes biens à qui me plaira. Quant au père Guigue, il a fait du bien à tout le monde dans ce pays, tu dois le respecter ! Et si quelqu'un a une chose à rajouter, qu'il me le dise maintenant, à moi Martin, maire de Chaudon Norante, fils de Léon Martin bouscatier !

Le café se dépeuplait, chacun prétextant l'heure du repas. Dehors, les tables étaient vides. Les Guigue aussi étaient partis. Le patron faisait grise mine.

– C'est pas avec vous que je vais faire fortune. Je préfère la Saint-Jean ou la Sainte-Thérèse, au moins on danse, on a chaud et on consomme. À la place des cris, il y a l'accordéon et les chansons. Ils sont tous partis et la moitié ne m'a pas payé. Avant, on ne se disputait pas comme ça.

Martin lança, acide :

– Sûr qu'on ne s'est pas souvent disputés. Dès qu'il s'agit de choses sérieuses, vous vous défilez. Au conseil municipal, vos sièges sont comme neufs.

– C'est qu'on te fait confiance ! dit Noël.

– On préfère parce que l'administration, il faut s'y connaître.

– Toi, Ventre, n'en rajoute pas. Tu vas toujours où le vent te pousse, mais de préférence vers le plus fort, des fois que...

– Qu'est-ce que tu racontes ?

– Dis-moi le contraire ! Tu savais ce qui se passait au Pas-du-Loup avec Jeanne et Adrien Quilles.

– Il se passait quoi ?

Martin se rapprocha de Ventre et d'une main le saisit par le col de sa veste.

– Tout le monde était au courant, et personne n'a levé le petit doigt. Mais toi en plus, tes campagnes bordent la maison d'Adrien Quilles, les Roussiers ! C'est bien ton grand-père qui les a vendus à son grand-père ? Au prix fort alors que c'était que des rocailles...

– Martin, ne va pas trop loin !

– J'irai jusqu'où je veux !

– Il a un peu raison, convint Noël. Mais c'est des vieilles histoires. Allez, calmez-vous ! Tiens, je vous sers un bon coup, c'est ma tournée.

Martin serrait toujours le col d'Émile Ventre. Son nez était à quelques millimètres du sien.

– Et les parages, là-haut, du Pas-du-Loup à la barre de Norante, tu les connais mieux que les cuisses de ta femme ! Tu crois que je ne t'ai jamais vu poser des collets avec ton ami le Grêleux ?

Martin hocha la tête de dépit.

– Dire que celui-là, je l'ai élevé !

Il repoussa Émile Ventre, les yeux embués de rage. Un tremblement le saisit. Le patron affolé fit le tour du comptoir et revint, une carafe et une serviette à la main.

– Martin ! Qu'est-ce qui t'arrive ?

– Rien, rien.

– Comment rien ?

– Laisse-moi. Ça va aller.

– Tu transpires (Noël insistait). Tu es plus rouge que les culs des porcelets de Ventre. Un de ces quatre, tu vas nous faire une crise d'apoplexie.

– Je te dis que ça va aller, tu ne vas pas t'y mettre, toi aussi !

Il reprenait peu à peu ses esprits. Il déboutonna sa veste, se roula une cigarette, aspira lentement la fumée. Il était ailleurs, sur les sommets, dans les hêtraies, au fond des vallons. La plénitude de son âge s'entremêlait avec l'amour de son pays. Ses jambes le soutenaient mal, les raidillons le faisaient souffrir, il voulait s'allonger au creux d'un buisson, laisser la brume l'envelopper d'une fourrure d'hermine, s'enfuir loin dans les clairières obscures.

Émile Ventre souffla au Grêleux :

– S'il croit qu'on s'occupe des affaires des autres...

– Tu as raison.

– On en a bien assez des nôtres, prononça Ventre d'une voix à peine audible.

Le Grêleux renversa brusquement sa chaise, gesticulant au milieu de la salle.

– Les affaires des gens de Chaudon Norante doivent rester entre les gens de Chaudon Norante et celles des Roussiers aux gens des Roussiers... Autrement on aurait pu dire que c'est Ventre qui a engrossé la Jeanne et on lui aurait mis le lardon dans les bras !

– Risque pas que je la touche, elle est plus sale qu'un peigne de lépreux !

– Quand même, ce Mathieu de Valensole... On sait qu'il passe par là chaque été mais personne ne le connaît vraiment et on peut imaginer...

– Oh ! Tu ne vas pas penser que...

– J'ai jamais dit que tu fricotais avec Jeanne.

Une voix calme et glacée sortit de la poitrine de Martin, troublant le Grêleux.

– Jeanne n'aurait voulu d'aucun de vous deux. Et puis vous la salissez. Vous ne respectez donc pas le malheur des pauvres gens. C'est une vraie sainte.

– Drôle de sainte ! s'esclaffa le Grêleux.

Avec elle, le bon Dieu nous fera pas de cadeaux.

– Je ne veux plus entendre ta voix, je te dis de foutre le camp d'ici ! Pour le village, ce ne sera pas une grande perte !

– Si j'ai envie de rester, personne ne me fera partir ! Si tu m'as mal élevé, ce n'est pas de ma faute. Tu n'avais qu'à me laisser ! Je ne demandais rien à personne !

– Répète un peu ces blasphèmes !

– Si chacun raconte ce qu'il sait sur l'autre, persifla le Grêleux, on peut rigoler un instant !

– Redis ça si tu es un homme !

– Excuse-moi, ça m'a échappé.

– Tu es pire qu'une vipère. Tu jettes ton venin sur tout ce qui est bon, tu portes le malheur dans ton esprit, tu entraînes les faibles et les simplets avec toi !

– C'est moi, le faible ? rouspéta Émile Ventre.

– Regardez-vous ! Vous faites une belle paire.

– Une paire de couillons ! On est pas bien à Chaudon Norante ! On peut jouer à la contrée, boire le coup, et la montagne…

Le Grêleux se dirigea vers Noël.

– Tu es témoin ?

Il le tira près de Martin.

– Tu sais ce qu'il veut, lui, le maire du village ? Je vais te le dire. Il veut que je m'en aille et que l'autre, le beau brun, le *piantou* me prenne la place. Et j'en suis sûr, il lui donnera le métier !

– Ne me mêle pas à tes sornettes.

– Je croyais qu'on était amis. Chaque fois que tu as besoin de mes services, moi je suis là !

– Je te défends de...

– Tu as peur ? Mais tu n'as rien à cacher !

Noël passait par toutes les couleurs. Son visage aviné virait au violet.

– Allons, calme-toi, reprit le Grêleux. Bientôt tu auras besoin de moi... Tes petits trafics, on les connaît, ton alcool te revient bien moins cher qu'aux autres... C'est que les gendarmes ils aiment bien savoir...

– Je t'interdis !

– Mais tu trembles !

– Le Grêleux !

Martin avait crié. Les veines de son cou étaient toutes gonflées. L'autre recula d'un pas.

– T'énerve pas. Tu prends tout de travers ! Émile, tu as vu, ils savent plus rire !

– Le Grêleux !

Martin avait encore hurlé. Le Grêleux recula d'un second pas. Il ne vit pas la canne de Martin arriver en tourbillonnant sur sa tête telle une massue. Un bruit mat, suivi d'un autre. Il s'effondra sur le carrelage, inconscient, le front largement tailladé. Le patron le ranima en lui jetant une cruche d'eau sur le visage.

– Vous êtes fous ! cria le blessé en hoquetant.

– Dégage ! hurla Martin, encore plus menaçant.

À quatre pattes, le Grêleux détala, proférant des menaces contre Martin et le patron.

Ventre hésitait. Le courage lui faisait défaut. Il craignait le même châtiment. Il se faufila, le dos au mur, jusqu'à la porte et s'enfuit à toutes jambes.

– Ils se rejoindront à la fontaine, supposa Noël.

– S'ils pouvaient s'y noyer ! répliqua Martin.

– Il faut pas trop leur en vouloir. Ils sont du pays.

– Malheureusement... Ils reviendront la queue entre les jambes comme des chiens battus.

– Qu'est-ce que tu veux, c'est comme ça.

– On leur donnera l'absolution et tout recommencera.

– On reprendra nos parties de cartes. L'hiver, il faut bien s'occuper...

– Mais il y a des choses qu'on oublie difficilement.

– Pas toi, Martin. Pas toi...

– Il y a des moments où je me sens très fatigué.

Martin poussa un long soupir. Il s'essuya le front d'un revers de manche, but un verre d'eau.

– Je me sens usé. La sève ne monte plus. Un bon orage et le rameau mort s'abattra. Pourvu que ce soit aux sources de l'Asse, au milieu des primevères et des jacinthes, un matin du mois de mai.

– Allons, tu en as vu d'autres.

Martin eut un geste désabusé. Il se remémorait les grands espoirs qu'il avait placés dans le Grêleux.

– Beaucoup d'autres, mais être trahi par celui que je considérais comme mon fils ! Et le Ventre qui se laisse mener par la moustache…

– Il n'a jamais eu de caractère !

– Comme son pauvre père.

– Mais ce n'est pas un querelleur.

– Trop peureux ! Et le Grêleux en profite tant qu'il peut. S'ils vont aux galères, c'est Émile qui ramera.

– Tu le connais, Émile…

– Quelle importance, maintenant ?

– À son mariage, il a dit oui parce qu'il avait la trouille de dire non ! Qu'il épouse une fille de Chaudon Norante ou une de Barrême, pour lui c'était pareil !

– N'exagère pas !

– C'est son père qui l'a choisie pour que le Plan-des-Fourches soit d'un seul tenant.

– Ça, c'est vrai.

– Je me demande même s'il a prononcé une fois son prénom !

– Sur le marché, à Digne, on en parle.

– On ne fait pas qu'en parler, il y en a qui racontent qu'elle rend bien service. Tu vois ce que je veux dire...

– Pauvre Émile, il a de la peau de saucisse devant les paupières !

Martin alla à la porte. Il essuya la buée sur les petits carreaux. Il scrutait la place, ses pavés, la mairie avec le drapeau tricolore qui flottait sur le balcon. Il y tenait, pour la mémoire d'Albert, disparu à la guerre. Quel gâchis, pensa-t-il. Le lierre s'installait sur la façade d'une grange voisine. Il s'insinuait dans les failles du soubassement.

– Qu'ils injurient les Guigue ! Quelle honte ! Ce Lorenzo il est jeune, courageux, loyal, travailleur. Si Madeleine s'y attache, tant mieux... L'Éternel planta dans un jardin un arbre de vie et un arbre du bien, mais à côté il sema les ronces et le chiendent. Les montagnes font le tour de l'univers, le mal rattrape toujours le bien et le condamne à une fuite perpétuelle. Dieu l'a voulu ainsi.

16 décembre 1920

15.
Le pressentiment

La grisaille masquait la fin du jour. À la lisière du boqueteau, les fûts des pins ressemblaient à des piliers de cathédrale. Arc-boutés vers le sud, des bosquets touffus jouaient aux fantômes. L'érosion sculptait des images mystérieuses. La barre de Norante était couverte d'une crinière blanche agitée par des vents tourbillonnants.

L'âne tirait la charrette, chargée jusqu'aux ridelles par le père Guigue. Parfois, il glissait sur une pierre moussue, reculait de quelques centimètres, marquait le pas, puis reprenait son ascension. Je le menais à la bride, devant, lui ouvrant le passage. Bichon craignait l'obscurité. Je débusquais des lapins et des renards dans les fourrés. Je poussais dans les ravines les billes pourrissantes ; les sangliers à la recherche de champignons les roulaient en plein milieu du layon. Des écorces s'échappaient des milliers d'insectes laborieux. Le bois nourrit la terre partout où il y a un souffle de vie.

Les lueurs de la lune filtraient à travers les voûtes ciselées des taillis. Les grands rapaces planaient au gré des crêtes. Leurs cris terrorisaient les proies. Pas d'avertissement ni de plainte, un appel sans mélancolie. Les chasseurs aux ailes de pénombre ne rusent ni ne geignent. Ils paralysent le plus faible pour survivre.

Les roues cerclées craquelaient le sol durci. Je contournai un vallon buissonnant, coupai par le gué. Un enchevêtrement de branchages retenait le cours du ruisseau ; cela faisait une petite mare où Bichon se désaltéra. Une tape amicale sur la croupe, un bout de pain sec et il reprit sa progression.

Dans les derniers lacets, la végétation rase remplaçait la forêt. Le Pas-du-Loup était à main droite. D'abord les pâturages surplombés par les sommets engourdis, les grands champs devant moi, la longue allée bordée de buissons et de chênes, le jas des Terres-Longues et la chapelle. Enfin, juste derrière, cachés par un mamelon, les Roussiers. Bichon accéléra la cadence : l'avoine et l'écurie n'étaient pas loin, et la charrette lui tiraillait les flancs. Je courais à ses côtés. Le jas à deux pas. L'été prochain, Madeleine m'attendrait sous la tonnelle...

Débarrassé de son fardeau, Bichon trottina puis attendit devant la mangeoire sa ration de foin et de graines. Je garnis la cheminée d'un fagot et craquai une allumette. Le feu crépita après que j'eus ajouté une bûche de pin séché. Les flammes effleuraient la poutre et s'évadaient dans le conduit. La pièce se réchauffa rapidement. Je versai dans un faitout la soupe que Louise m'avait préparée. J'en remplis un pot en verre et garnis le panier de Jeanne. Le temps que mon souper chauffât, je portai ses provisions à ma voisine. La lampe à pétrole éclairait, toute faible, le passage entre les deux propriétés.

– Jeanne. C'est moi. Lorenzo. Je suis revenu.

La porte était close. Tout était noir.

– Vous êtes fâchée ? Pourtant, ce matin, vous avez ouvert...

Aucun bruit. J'insistai.

– Vous avez ouvert la porte ce matin. Quand on ouvre sa porte, c'est pour sortir ou inviter ses amis. Dites-moi bonsoir, au moins.

Un malaise m'étreignait, celui que je ressentais au fond des tranchées.

– Je vous pose tout ici. De la soupe, une miche

et un lapin en gibelotte de Louise. Madeleine viendra la prochaine fois.

Le respect qu'elle m'inspirait m'interdisait de franchir son portail, bien que cette barrière fût aisément accessible. Je ne savais ce qui me retenait. Jeanne occultait tout, le passé, les Guigue, même Madeleine. Impuissant, tremblotant, je retournai au jas.

Pendant que je dînais, l'image de la main de Jeanne se signant me hantait comme une prière, la dernière avant l'épreuve à laquelle le mystère nous oblige.

Avant de me coucher, je grimpai une dernière fois à la grange, m'allongeai devant la lucarne. Rien ne bougeait aux Roussiers, pas même une feuille. La lune se cachait toujours derrière les nuages. Il faudrait que je prenne un chat et un chien pour me tenir compagnie.

Je m'endormis sur ma chaise, incapable de rejoindre mon matelas.

16.
La profanation

Le Grêleux et Émile Ventre se glissaient de buisson en buisson.

– Chut ! Pas de bruit !

– J'ai les membres qui gigotent tout seuls.

– Tais-toi.

– Mes dents claquent comme des castagnettes.

– Ferme-la. Et puis évite le bois sec, ça craque.

– Je fais ce que je peux. C'est pas pareil, quand on pose les collets.

– Ne parle pas, nom d'un chien. Tu as envie d'aller au bagne ?

– J'ai peur, c'est la première fois.

Ils étaient cachés par un tas de pierraille à quelques mètres de la chapelle.

– On reste ici, dit le Grêleux.

– Longtemps ? On pourrait y aller…

– Tu es fou !

– Plus vite c'est fait…

– Pas de précipitation. On a de la chance, le ciel est couvert. Il va probablement neiger en fin de semaine. Pour retrouver des indices, je souhaite du plaisir aux gendarmes.

– Ne parle pas d'eux, ça peut nous porter la poisse. J'ai encore l'odeur du sang sur ma veste.

– Tu étais d'accord avec moi ?

– Oui…

– Alors garde ton odeur ! Demain tu enterreras tes habits au pied des clues.

– J'aurais pas dû t'écouter.

– Ça s'est pas bien passé ?

– Si…

Le Grêleux abandonna son comparse pour aller se poster en rampant devant la lucarne de la grange. En apercevant le visage de Lorenzo, il recula telle une couleuvre. Émile Ventre sursauta.

– C'est moi ! C'est pas le diable !

– Alors ?

– Patience, patience…

– Qu'est-ce qu'il fait ?

– Il guette s'il voit bouger du côté des Roussiers. Il attend la Jeanne.

– Ne parle plus d'elle, j'ai les poils qui se dressent sur les bras.

– Mauviette ! Tu crois aux fantômes ?
– Tu en sais quoi des fantômes ?
– D'abord Jeanne ce serait pas un fantôme, mais une revenante.
– Quelle différence ?
– Je sais pas trop... Mais de toutes les façons, on n'en a jamais vu.
– Après ce qu'on a fait, on va peut-être en voir. Des fantômes ou des revenants, comme tu dis. Il paraît que ça te poursuit jusque dans ton lit.
– Qui t'a raconté ces bêtises ?
– Je l'ai entendu à Digne.
– Qu'est-ce qu'ils en savent ?
– Dans les livres...
– Tu sais pas lire, alors t'es tranquille.
– Je peux fumer ?
– Non, il nous apercevrait. C'est un rusé.
– C'est bien ce qui m'inquiète.
– De toute manière, on ne peut plus reculer... T'as vu, saigner un lapin ou quelqu'un, c'est pareil.
– Oui mais les gens, on n'a pas l'habitude.
– Justement. C'est ceux qui recommencent qui se font attraper. Nous c'est qu'une fois. Pour avoir la belle vie. Un magot comme ça vaut bien un peu de remords, au moins un jour.

– On n'en revient jamais du bagne ?
– Jamais.

Dans la maison, la flamme de la petite lampe à pétrole vacillait, éclairant par intermittence les épaules de Lorenzo.

– Ça y est, la fatigue l'ensuque.

– J'ai hâte de décamper.

Le Grêleux tira de son sac la cassette de Jeanne ainsi qu'une musette pliée en quatre. Il déroula la ficelle qui maintenait le couvercle et l'ouvrit.

– Nom de Dieu de nom de Dieu ! lâcha Émile.

– Tu ne t'y attendais pas ? Moi je m'en doutais qu'elle était pleine, elle pesait drôlement !

– Nom de Dieu ! répéta Émile.

– Tu vois, Adrien Quilles n'avait pas tout bu.

– Et tout en pièces !

– Alors, ça valait pas le coup ?

– J'en ai jamais vu autant.

Le Grêleux se redressa. La lucarne de la grange était sombre à présent.

– Il dort.

– Pas trop tôt.

– Il doit être vers les deux ou trois heures du matin...

– On y va ?

– Pour toute réponse, le Grêleux se saisit du trésor et entreprit d'en faire deux parts. Il mit la plus grosse dans la musette, le reste dans la cassette.

– Et pourquoi pas deux parts égales ?

– Personne ne sait ce qu'il y a dans la boîte. S'ils la retrouvent, ils penseront avoir tout l'argent.

– Et la musette ?

– Elle sera à nous depuis longtemps.

Émile Ventre poussa un ah ! d'admiration devant l'ingéniosité du Grêleux.

– Mais où est-ce qu'on va planquer tout ça ?

– Suis-moi.

Ils allèrent jusqu'à la chapelle. Le Grêleux força les doubles battants. Ils se faufilèrent parmi un amoncellement de plâtre, de bois et de ronces, jusqu'à l'autel. Émile n'y comprenait rien, comme à son habitude. Son acolyte le rassura :

– Ne t'inquiète pas. Hier, pendant qu'ils roucoulaient, je suis venu tout préparer.

Il s'accroupit et fit pivoter sur le côté une plaque de marbre en s'aidant d'un madrier rond.

– Ça va nous porter malheur, s'écria Émile. C'est la tombe du Frère Benoît !

– Moins fort, moins fort…

Deux éclairs claquèrent au loin. L'orage menaçait. La forêt s'embrasa.

– Je te dis que ça va nous porter malheur !

– Dans l'état où il est, je serais étonné qu'il se souvienne de ses péchés ou de sa première dent.

– Le Frère Benoît a marié les Quilles.

– Et alors ?

– Il a baptisé Jeanne.

– Qu'est-ce que tu veux que ça me fasse ? Toutes les bigotes se sont confessées à lui. Il en sait des choses, cette crapule.

– Si j'avais su que tu serais capable de...

– Courage. Pense au magot.

Le Grêleux sortit de sa poche la serpette à bistourner les mâles. Il arracha les clous du cercueil, l'ouvrit à demi, y glissa la cassette et repiqua les pointes qui s'enfoncèrent sans mal dans le bois vermoulu. Enfin, il replaça la plaque de marbre. Émile Ventre, plus blanc qu'un suaire, s'appuyait contre le tabernacle. Son pantalon était trempé.

– Tu t'es pissé dessus, *porcasse* !

– J'ai trop peur ! Ce squelette ! Tu te rends compte ? On a profané une tombe ! C'est pas le bagne qui nous attend, c'est l'échafaud sur la place des Tordus à Digne !

Le Grêleux s'approcha d'Émile, sa serpette

ouverte à la main. La lame effilée brillait dans le noir.

– Elle a servi deux fois cette nuit. Une fois pour Jeanne, une fois pour le cercueil. La troisième est pour toi si tu continues à geindre. Un trait net et sans bavure, si propre que tu me regarderas encore, même mort !

Le Grêleux fit un geste du plat de la main de la gauche vers la droite.

– J'ai pas pu me retenir. Je te promets...

– Oublions ça. Un bon coup de collier et dans quelques jours on fume le cigare à Marseille.

Ils dévalèrent la colline par la hêtraie. Pas un arrêt, pas un mot. Ils fuyaient leur propre horreur. Ils fuyaient le Pas-du-Loup deux fois maudit.

À la clue, ils changèrent leurs vêtements qu'ils enfouirent dans un trou creusé la veille par le Grêleux.

– J'ai entendu les loups, murmura Émile.

– Normal, la neige est basse.

– Tout près.

– Dépêchons-nous.

Ils continuèrent par la route de Barrême. Le Grêleux tenait toujours la serpette ouverte dans la main. Au pont des Rouches, ils se reposèrent un instant. Émile déboucha une gourde de vin. Ils burent chacun une rasade.

Ils s'évitaient. Ils devenaient étrangers l'un à l'autre. Le Grêleux grimpa à un pilier et dégagea une pierre de voûte.

– Qu'est-ce que tu fais ?

– C'est un secret. Personne ne viendra la chercher ici !

Il glissa la musette avec la deuxième partie du butin au fond de la cavité, replaça la pierre du pont et la bloqua avec deux galets plats.

– Voilà, c'est fini.

– Fini, répéta Émile.

– Dans quelque temps, on aura oublié les montagnes. Au bord de la mer, il n'y en a pas.

– J'entends les loups.

– C'est ton ventre qui gargouille.

– J'ai l'impression qu'on nous suit...

– Arrête, Émile.

– Le Frère Benoît... On est tous des enfants du bon Dieu !

17.
La découverte

Le froid me réveilla. Ma tête était lourde, mes paupières gonflées par le manque de sommeil. Dehors, une aube ouatée découvrait la montagne. Je me faufilai entre deux bottes de foin à la recherche d'un peu de chaleur et demeurai un long moment transi et rêvassant, le menton sur les genoux. Bichon broutait dans l'enclos. Une buée sortait de ses naseaux. Des cristaux de glace enluminaient les rameaux des mélèzes. Je descendis à l'échelle de bois, attisai l'âtre, chauffai un fond de café, grignotai un reste de fromage et une tranche de pain. L'hiver était là.

Le panier renversé par les renards ou les sangliers, la bouteille dans la rigole indiquaient que Jeanne n'était pas sortie. Je m'avançai jusqu'au portillon et l'appelai plusieurs fois. Un volet battait contre la façade. Les tenants de bois étaient décloués. Un silence pesant entourait les Roussiers. Les buissons bordant la barrière étaient aplatis. Ma gorge se noua.

Je frappai à la porte et poussai en même temps. Jeanne gisait sur le sol entre la table et la cheminée, les cheveux épars, la gorge tendue en arrière. Une coupure nette partait de son cou, au-dessus de la pomme d'Adam, et remontait jusqu'aux oreilles. Le sang avait inondé sa nuque.

Un vieux fichu déchiré à quelques centimètres de sa tête, une robe grise en haillons, des bas retroussés sur ses mollets, des jambes noueuses, blanches, parcourues de veines bleutées. Je découvrais Jeanne la sauvage. Ses yeux clairs au milieu de ses cernes lui donnaient un air triste. Elle avait les poings serrés et les ongles lui rentraient dans les paumes. D'évidence, elle s'était défendue, comme une bête acculée dans son terrier.

Je m'agenouillai à ses côtés. Son visage et les traits de Rosa se superposaient. Je lui fermai les yeux. Des sanglots montaient de ma poitrine. J'embrassai ses mains, ses tempes, son front, les commissures de ses lèvres. Puis je sortis de la maison en courant pour aller vomir. Des nuages noirs s'empilaient au loin, masquant les alpages. Je dressai les poings vers le ciel et hurlai ma haine. Qu'avais-je fait pour que le trépas jonche mes chemins ? Je ne cherchais que la paix. *Rosa, Barto, Almirana, aidez-moi !* J'avais traîné des boulets de souffrance, entendu le cri des martyrs. M'étais-je trompé de pays ? *Rosa, Barto, répondez-moi !*

Je me ruai dans la chapelle, poussai bancs et gravats, grimpai jusqu'à la cloche que je dégageai du lierre qui l'emprisonnait. Je libérai le battant et la corde lovée dans le creux d'airain.

Deux coups, un coup, deux coups, un coup. Très espacés. Barto m'avait enseigné le langage des églises. Je ne me souvenais que de celui du glas et du tocsin. Je me suspendis à la corde dont l'extrémité atterrit sur les restes d'un Christ en croix et glissa contre le confessionnal. Un va-et-vient dans le vide. Le battant cogna. La cloche m'entraînait dans son élan. *Deux coups, un coup.* Le battant martelait le métal. *Deux coups, un coup.* Je cadençais une danse funèbre.

Le tonnerre éclata sur les crêtes rocheuses. Bichon hennissait dans l'enclos. Terrifiées, les brebis bêlaient. La pluie gouttait dans le chœur. Je maudissais mes espérances.

Je soulevai Jeanne et l'allongeai sur la table de la cuisine. J'allumai un feu pour faire bouillir de l'eau dans un chaudron, ouvris fenêtres et volets. Je désirais qu'elle reposât dans une demeure propre. Il fallait nettoyer, ranger, balayer. Effacer toute trace de son agonie.

Je la déshabillai et frottai son corps au savon noir. Je la purifiais. Je démêlai ses cheveux et les coiffai en chignon roulé sur la nuque. *La mort rejoint toujours ceux qui la fuient. Elle les attrape quand ils s'y attendent le moins.* Je lui chuchotais des banalités. Dans les recoins, les âmes embusquées s'agitaient. À l'extérieur, des flocons épars jouaient avec la brise. Une mésange se posa sur l'appui de la fenêtre. Elle s'envola.

La chambre d'Adrien Quilles débordait de vêtements empilés pêle-mêle, ceux du dimanche enveloppés dans un tissu cousu aux emmanchures avec, dans les poches, des brins de lavande entourés de gaze. Le placard de Claude s'ouvrit plus difficilement. Gonflé par l'humidité, il recélait son trousseau : des robes de laine noire, un manteau, un grand chapeau de paille. Pauvre Claude. Adrien n'avait pas dû l'emmener au bal tous les jours. En haut du meuble, dissimulée derrière une pile de journaux et de boîtes vides, une valise en cuir bouclée par deux lanières contenait une robe de mariée soigneusement pliée, des escarpins jaunis et une couronne de fleurs d'oranger. C'était l'héritage de Jeanne. Je le lui offrais.

Bientôt elle fut habillée de ses effets de cérémonie, mains jointes, un chapelet de grains blancs entre les doigts, les paupières maquillées, les lèvres rosies à la poussière d'argile.

J'attelai Bichon et tapissai le fond de la charrette d'une couverture. J'y assis Jeanne, le dos calé contre la ridelle par deux sacs de grains. J'attachai l'âne à un chêne et retournai aux Roussiers. Je bourrai la cheminée avec les chaises, la table, la paillasse, arrosai les murs avec le pétrole de la lampe, éparpillai une botte de paille. Les flammes gagnèrent les poutres. Du puits du jas l'embrasement signait la fin de leur monde. La ferme n'existerait plus. Sur ses ruines s'expierait le blasphème, dans ses cendres s'éteindrait la malédiction. Dans la chapelle, je sonnai le tocsin.

Bichon avançait lentement. D'une main je le guidais, de l'autre je maintenais la tête de Jeanne qui tombait à chaque ornière. Un chien sorti de nulle part vint à moi, m'interrogeant du regard. L'écho renvoyait contre les barres rocheuses le cliquetis des pioches et les explosions sourdes des mines. Ils avaient attaqué le barrage. Bientôt la vallée serait engloutie. Je pensai : *ils n'auront que ce qu'ils méritent.*

La neige se faisait drue. Je n'y voyais pas à un mètre. Un ciel bouché, une alternance de tourmente et de grésil. Bichon secouait sa crinière. Ses poils gelés formaient un liséré sur l'encolure. Je m'éloignais du Pas-du-Loup dans un mirage blanc.

Passé le pont des Rouches, le village émergeait d'une nappe de brouillard. On distinguait mal la route des abords et des champs. Je dis à l'adresse de Jeanne :

– La voûte céleste tombe en poudre.

Il me fallut le gargouillis de la fontaine pour repérer l'entrée de Norante. Le chien précédait Bichon. Il ouvrait la voie.

Jeanne était couverte d'un voile immaculé. Elle savait mille choses ignorées, et peu importait notre vérité. Elle était érudite devant nos sarcasmes et nos peurs. Sa beauté était faite de la glace des cascades.

Deux silhouettes agitaient des lumières vacillantes. Elles se rapprochaient à pas hésitants. C'était le père Guigue accompagné de Martin. Le chien grogna et s'en fut.

– Lorenzo ? On partait au jas.

– Ce n'est plus la peine.

– On a entendu les cloches de la chapelle par deux fois, le glas et le tocsin, alors je suis allé chercher Martin pour monter voir ce qui se passait.

– Le glas pour Jeanne qu'on a assassinée.

– Jeanne !

Martin se signa.

– Et le tocsin. Parce que j'ai mis le feu aux Roussiers.

– Qu'est-ce que tu dis ?

Le père Guigue se rapprocha.

– On a égorgé Jeanne pendant que j'étais chez vous.

– Mais pourquoi ?

Le père Guigue s'appuya sur le rebord de la fontaine.

– Mais pourquoi ? répéta-t-il.

– Parce qu'il y a des salauds que la jalousie inonde de bassesse. Ils ont du venin à la place de la salive.

Martin s'approcha et m'agrippa le bras.

– Ils ne sont pas d'ici, Lorenzo, pas du village...

– Ne vous faites pas trop d'illusions, Martin. Certaines cicatrices ne trompent pas.

Il me lâcha le bras et recula.

– Et la fumée ? Les Roussiers ?

– J'ai tout effacé. Ceux qui monteront se recueilleront. S'il piétinent un bout de terre, qu'ils soient marqués à jamais par les cendres.

– Mais qui ?... demanda le père Guigue.

– Peut-être des gens que vous voyez tous les jours.

– Ce n'est pas possible, bredouilla Martin. On se connaît tous. C'est pas quelqu'un d'ici.

Madeleine et Louise venaient de nous rejoindre. Un châle leur couvrait les cheveux. Madeleine tremblait. Elle n'osait pas m'adresser la parole.

– Faites le tour de l'attelage et voyez Jeanne.

Ils me dévisagèrent avec stupeur.

– Je l'ai amenée avec moi. C'est sa dernière promenade.

Ils se dirigèrent vers l'arrière de la charrette.

– Là-haut, elle était mon amie. Ici, qu'elle soit un souvenir terrible.

– Vous n'y êtes pour rien, Lorenzo.

C'était la voix étranglée de Madeleine. Celle de Martin lui fit écho :

– Madeleine a raison. Vous n'avez pas de comptes à rendre. Vous avez votre conscience.

– Appelez le curé, je veux une cérémonie digne de Jeanne. Qu'on lui rende ce qu'on lui a pris. Sa dignité ! Allez, *vai*, *vai*...

J'étais las.

Bichon tirait tellement sur les rênes que les roues patinaient. J'avais traversé tout le village, fait le tour de la place, marqué un temps d'arrêt devant le café. Maintenant, je me dirigeais vers l'église. Les villageois se rassemblaient devant le parvis, d'autres accouraient, enfilant capes et manteaux. Jeanne dans mes bras, je fendis la foule stupéfaite, franchis l'enceinte du Christ. On s'installa dans les travées, en ordre, comme si j'allais dire l'office.

Je couchai Jeanne sur l'autel. Le marbre était plus froid qu'elle. Sa robe de mariée se confondait avec les broderies de la table du culte. Tous baissaient les yeux, le père Guigue, Louise, Madeleine, Martin, Noël, agenouillés au premier rang, et aussi d'autres que je ne connaissais pas. Tout au fond, contre le pilier supportant le bénitier, Émile Ventre plus pâle que son courage, et le Grêleux, la gueule figée dans un mauvais tressaut de lèvre.

La voix du curé claquait, gutturale. Il était congestionné, haletant, la soutane boutonnée de travers.

– Que se passe-t-il ? Vous n'avez pas le droit !

Il vit Jeanne.

– Vous profanez ce lieu ! Enlevez-la !

Il se signa de haut en bas, de bas en haut, plusieurs fois. La sueur perlait sur son front. Je l'amenai de force jusqu'à l'autel. Jusqu'à Jeanne.

– Serre-la fort. Le plus fort que tu peux. C'est une martyre. Tu vas célébrer une messe pour elle. Avec l'harmonium, et chantée. Tu vas la marier avec ton Dieu.

Je pressais son crâne contre la joue de Jeanne.

– Après tu commanderas le corbillard avec les bœufs, celui que tu donnes aux notables. Tu l'orneras de couronnes fraîches et tu inhumeras Jeanne aux Roussiers à côté du Frère Benoît. Tu béniras la chapelle et le Pas-du-Loup. Tu en feras un endroit de pèlerinage et chaque année tu honoreras d'une procession sainte Jeanne-des-Roussiers !

Le curé avait beau gigoter, la pression de mes mains le maintenait dans cette posture humiliante. Il avait l'air d'une perdrix qui plante son bec dans la terre pour se cacher au passage des chiens de battue.

– Jure-le, curé !

Je perçus un vague grognement.

– Mieux que ça ! Jure-le devant ton Christ et ensemble avec tes ouailles !

Je me retournai tout en le maintenant par le col.

– Jure-le avec eux ! Vous expierez le mal que vous lui avez fait !

À demi étranglé, il fit un oui avec son double menton. Je relâchai ma prise. Il recula, se prosterna devant la croix puis se réfugia dans le confessionnal. Je posai mon front sur le ventre de Jeanne.

– Ma Jeanne. Tu es une fleur qui fane. Je vais te quitter à jamais. Je ne pourrai pas te chérir. L'éternité t'a prise sans que j'entende une seule fois ton chant profond. Je pars un peu plus loin, je ne sais où, peut-être après les montagnes, au-delà des frontières où je suis né, ailleurs.

Une éclaircie baignait d'ombres l'ouverture faite par la porte à doubles battants.

Lorenzo. Je suis sur les routes solitaires. J'ai gravi l'arc-en-ciel comme Rosa et Bartolomeo, tes parents. Je les ai rejoints. La vie ne vaut pas d'être vécue. Elle n'est que mensonges, turpitudes, lâchetés. Près du soleil, il fait doux, je vole et j'oublie tout.

Rejoins-nous, près des trois sources de l'Asse, là où elles se séparent. Tu t'allongeras dans la hêtraie entre vallée et vents, un rayon de liberté te tendra son incandescence.

Rosa t'attend. Barto aussi.

Tu m'as vêtue pour les nuits de soie et de tulle. Je suis légère, mes yeux sont clos, blottis-toi contre ma poitrine. Mon souffle a cessé, Lorenzo, le calme est infini. Tu veux te venger ? Non, Lorenzo, pas de faiblesses. Pardonne-leur ou prends-les en pitié, mais n'aie aucun ressentiment. La stupidité ne vaut pas qu'on se salisse pour elle. Madeleine n'est qu'une illusion. Almirana ? un doux espoir qui t'a permis de franchir le néant. Tu y penses ? Réveille-toi, Lorenzo !

Je laissai Jeanne à sa glace, étalée sans pudeur à la vue des autres. En marchant dans l'allée entre les bancs et les prie-Dieu, mes pas résonnaient sur les dalles humides. Je ne me signai point. Émile Ventre et le Grêleux avaient disparu.

La neige tombait. Je traversai le parterre d'herbes, longeai la route goudronnée. J'évitai le pont des Rouches et coupai droit vers les trois sources de l'Asse.

17 décembre 1920

18.
Le combat

L'ubac blanchissait. Mon tricot gelé me blessait pire qu'une haire de crin. Je riais, désarmé devant la puissance des montagnes. J'avais faim, soif de vin, envie d'en finir. Je ne luttais plus contre la perspective de livrer l'ultime combat.

Au sommet d'un passage, je suivis les traînées de débardage des bûcherons. Les chutes de neige cessèrent et le brouillard s'estompa, découvrant la plaine. Je gagnai la lisière d'un bosquet et fis halte. Vautré dans un nœud de racines, à demi engourdi, je frottai mes articulations et me secouai. Je ne sentais plus mes oreilles ni le bout de mes doigts. Mes sourcils étaient deux glaçons. J'évitais de fermer mes paupières, elles se seraient collées.

Les hurlements des loups se précisaient, jaillis des hautes cimes.

Je roulai sur le ventre et me redressai à l'aide d'une souche. Je m'engouffrai dans le bosquet. De petites lumières traversaient mes pupilles. *Peut-être la liberté*, me dis-je.

Le terrain plat facilitait mon avancée. Les arbres se raréfiaient, laissant la place au pacage d'été d'un troupeau de vaches. Après une légère montée, j'entendis le clapotis d'une rigole étranglée. Une masse grise se détachait de l'horizon : une cabane de vachers.

À tâtons, je cherchai une boîte d'allumettes. Les bergers laissent toujours des allumettes et de la graisse pour allumer le feu, surtout si le bois est humide. Une fumée âcre se propagea dans la pièce avec une odeur de suie. Des flammèches claquèrent, projetant quelques tisons incandescents. Le bois gorgé de sève explosait. J'alimentai la braise avec un panier de pignes. Les flammes prirent possession du foyer et l'âtre tiédit enfin.

Je me déshabillai pour sécher ma veste, mon tricot et mon pantalon. Enveloppé dans une vieille couverture, j'approchai une paillasse de la cheminée. J'avais vaincu le sort. J'avais résisté au froid et au découragement. L'heure n'était pas encore venue de prendre la courbe colorée de l'arc-en-ciel et de rejoindre Rosa et Bartolomeo.

19.

La traque

Le Grêleux frappa aux volets d'Émile Ventre. Le jour commençait à poindre. La neige illuminait la vallée d'une blancheur laiteuse. De la fontaine pétrifiée s'échappaient des stalactites. On voyait des empreintes de renards et de mouflons qui coupaient la ruelle.

– Tu es prêt ?

Émile tira le portail avec précaution pour ne point réveiller sa femme.

– J'étais mieux au lit…

Ils marchèrent jusqu'au pont par l'intérieur d'une roubine. Le Grêleux s'arrêta, se pencha sur le sol. Immobile, il scruta tous les replis du terrain.

– Il n'est pas passé par le pont. Il a dû longer la route et grimper par la traîne.

– Qu'est-ce que tu cherches ?

– Ses traces ! Elles sont recouvertes par la fraîche, mais dans le dénivelé on les distingue très bien. Si on en repère une, les autres suivent.

– Comme les chamois ?

– Exactement, sauf que lui n'a que deux pattes et qu'il va moins vite.

– En plus, ça grimpe raide, et il ne connaît pas le coin.

– Tu l'as dit.

Les traces de Lorenzo étaient parfaitement imprimées dans la montée. Le Grêleux n'eut aucun mal à les repérer. Personne n'était passé avant eux.

– Il a pris la passerelle. Avec un peu de chance, elle s'est écroulée.

– Ça nous éviterait…

– Tu as bien pris des balles ? Pas des chevrotines ?

– T'a plus confiance ?

– Mais si. De toutes les façons, on est dans le même sac.

Ils pistèrent leur proie après la cascade, revinrent sur leurs pas dans le vallon puis sur le sentier.

– Il a tourné en rond !

– Il est reparti par là !

Émile Ventre désigna une sente vers un bosquet qui leur servait de cachette pour la remontée des grives.

– Combien de temps il a viré ?

– Le temps qu'il faut pour crever gelé ! Quand on connaît pas la montagne, on reste où on est. Et lui, s'il s'était occupé de ses oignons, on n'en serait pas là !

Ils virent l'empreinte du corps moulé dans le nœud de racines, puis une sorte de cuvette comme celle que font les sangliers à l'agonie.

– Il n'a pas dû aller loin.

– Arme ton fusil.

– C'est moi qui tire ?

– C'est bien ce qu'on a décidé, non ?

Ils se dissimulèrent derrière des buissons, chacun posté à une extrémité du chemin.

– Je sais où il est.

Émile serra son arme.

– Pas encore. Fais gaffe de pas accrocher, si un coup part, on est foutus.

Ils rampèrent parmi les épineux, se coulèrent dans les failles, s'arrêtèrent derrière un énorme pin.

– Il y a un Dieu pour les veinards !

– Pourquoi tu dis ça ?

– Il avait une chance sur mille de tomber sur la cabane des vaches ! Moi-même je m'y suis perdu, un jour où il pleuvait. On n'y voyait pas la queue d'un chat.

– On en finit maintenant ?

– Ne sois pas pressé. Dans l'état où il doit être, il ne risque pas de se sauver. Si on entend les coups à cette heure, on va nous soupçonner. Tu as bien compris ? Dans le torse, pas dans la tête. Il faut que ça ressemble à quelqu'un qui a peur.

Émile se racla la gorge.

– Oui, oui.

– En plus on a tout de notre côté. Hier après-midi, devine qui se promenait à Barrême avec deux carrioles attachées l'une derrière l'autre, et qui faisait un foin terrible au café en disant que son compagnon l'avait quitté un beau matin en pleine campagne ?

– J'en sais fichtre rien.

– Réfléchis, bougre de cervelle de piaf !

– Je vois pas !

– Son copain ! Celui avec qui il était parti de Nice, Benedetto, je crois. Tu t'en souviens, il nous l'avait raconté la première fois qu'on l'avait vu !

– Je comprends pas où tu veux en venir.

– C'est simple. Nous, après, on redescend par les clues. Tu balances ton fusil, là-bas on risque pas de le retrouver. On récupère les deux lièvres que j'ai coincés hier dans les collets et on rentre peinards, en se demandant qui pourrait tirer un jour comme aujourd'hui !

– Et c'est lui qu'on accusera pour Lorenzo !

– Et pour Jeanne aussi !

– Pour Jeanne, c'est moins sûr.

– Mais si. Personne ne peut prouver que nous étions aux Roussiers et, tu les connais, ils se tairont tous. Les affaires du pays restent au pays.

– Et Guigue ?

– Aucune importance. Il ne sait plus où il habite, il ne l'a jamais su, avec ses airs de bonne sœur…

– Et Martin ?

– Lui, il a tout intérêt à la fermer, autrement…

– Autrement quoi ?

– J'ai un secret. Un grand secret que je vais te dire, comme ça, s'il te fait des allusions, tu pourras t'en servir. Un secret qui touche Louise et lui, bien avant la Grande Guerre, quand ils se sont partagé les Terres-Longues.

– Et alors ?

– Le résultat, ça pourrait bien être Madeleine…

– Comment tu le sais ?

– C’est bien lui qui m’a élevé, non ?

Ils approchèrent de la cabane. Ventre ôta la sûreté du percuteur. Ils reprirent leur respiration accroupis contre le mur. Le Grêleux mit son index sur ses lèvres. Ils restèrent dans cette position quelques secondes.

La porte céda sans difficulté sous la poussée des épaules du Grêleux. Lorenzo ne se réveilla pas. Il dormait, épuisé, transi, allongé de tout son long sur la paillasse près de la cheminée. Les cendres fumaient, des braises crépitaient encore.

Il n’eut pas le temps de réagir. Il entendit seulement quelques exclamations confuses :

– Tire, Ventre ! Tire !

– Je ne peux pas.

– Tire !

– Peux pas.

– Mauviette !

Émile Ventre tomba à genoux. Il pleurait, se griffait, criait. Le Grêleux lui arracha l’arme. Ventre s’enfuit dans la plaine. Sans viser, le Grêleux appuya sur la détente trois fois, puis il posa son avant-bras sur une pierre saillante, ajusta la mire. Un quatrième coup partit. Émile Ventre, touché en pleine nuque, s’effondra la face dans la neige.

– Quel crétin, ce Ventre ! J'aurais partagé avec lui.

Trois balles transpercèrent la poitrine de Lorenzo. Il se souleva, resta un instant les mains tendues, puis s'affaissa. Ses doigts s'agrippaient à la paillasse. Une longue crispation à la recherche d'un impossible souffle et son corps se détendit.

Ses yeux restaient ouverts. Le soleil filtra par les interstices des Lauzes. Il percevait encore les voix de cette terre lorsqu'il emprunta l'arc-en-ciel.

Il voyagea de l'Italie à Nice, du Broc à Rethel, dans les forêts de Castellane avec Benedetto. La musique d'un vieil orgue de barbarie l'accompagnait, une chanson de son enfance au Piémont.

Au-delà d'une courbe infinie, bien après les astres de la nuit, sur un banc à la sortie d'un village, protégé par un oratoire, Rosa et Bartolomeo l'attendaient.

« Et Almirana ? »

Le sang gonfla sa bouche, coula sur sa chemise, et sa tête bascula sur le côté.

20.
Les détonations

Madeleine attela Bichon. Elle chargea les caisses pour le marché du mercredi matin à Digne. Son père, prostré, s'était enfermé dans l'atelier et ne l'aida point. La veille, elle avait préparé une valise qu'elle cacha sous le chargement.

Elle prit la direction de la gare de Barrême. Au pont des Rouches, elle ralentit et observa la fenêtre de sa chambre. Jamais elle ne reviendrait à Chaudon Norante. Le rideau s'écarta légèrement sur le visage de Louise.

Trois détonations suivies d'une quatrième quelques secondes après, résonnèrent dans la vallée, amplifiées par l'écho sur la barre de Norante. Du gros pour les chamois, pensa-t-elle. La bête était blessée, ils ont dû l'achever plus loin.

Des nuages noirs couvraient les petits coins de ciel bleu. Un flocon effleura sa joue. Elle serra son écharpe autour de son cou. Elle tremblait. Elle ne savait pas pourquoi.

À la fourche qui menait à la plaine des vachers et aux sources des trois Asses, elle remarqua des traces de pas. Des chasseurs ? Par ce temps, c'est risqué, se dit-elle.

18 décembre 1921
Tribunal de Digne

Épilogue.

Dénoncé par un chasseur de Chaudon Norante lors de l'enquête menée par la gendarmerie de Barrême, Benedetto fut appréhendé par la douane de Barcelonnette. Il était sur un chemin de contrebande, vers le col de la Bonette, qu'il voulait franchir en pleine neige pour rejoindre son Piémont.

Les deux mules, les carrioles et tout son attirail constituèrent autant de charges retenues contre lui. Malgré ses explications et ses protestations, il fut conduit à la maison d'arrêt de Digne. On le jugea une année après.

Le chasseur maintint son accusation et le reconnut formellement : « Il cherchait son ami égaré dans la tempête vers la cabane des vachers, face au Pas-du-Loup. » D'autres témoignages d'habitants de Barrême confirmèrent ces dires. On ajouta des délits de chapardage, de boisson et de tapage sur la voie publique.

Benedetto nia de toutes ses forces, moitié en français, moitié en italien, puis il accepta la malédiction qui lui tombait sur le crâne. Il ne s'exprima plus qu'en piémontais.

Ses juges ne lui posèrent aucune question sur l'arme utilisée, ni sur l'heure et le lieu du délit. L'assassinat de Jeanne et la disparition de son trésor ne furent pas évoqués dans les débats. Ni le père Guigue, interné à l'hôpital psychiatrique après le suicide de sa femme, ni Martin, souffrant d'une phlébite, n'assistèrent au procès.

Benedetto n'eut aucun témoin pour sa défense.

Condamné pour les meurtres de Lorenzo et d'Émile Ventre, Benedetto fut transféré au bagne de Toulon puis, six mois plus tard, embarqué pour celui de Cayenne.

Table des matières

Achevé d'imprimer par GGP
en juillet 1997
pour le compte de France Loisirs, Paris

Imprimé en Allemagne
Dépôt légal: Août 1997
N° d'édition: 28960

*Cet ouvrage est imprimé
sur du papier sans bois et sans acide.*